坂井希久子

時代小説文庫

角川春樹事務所

# 目次

花暦
居酒屋ぜんや
地図
寛永寺
不忍池
清水観音堂
池之端
湯島天神
おえん宅
神田川
神田明神
酒肴ぜんや
（神田花房町代地）
浅草御門
昌平橋
筋違橋
お勝宅
（横大工町）
田安御門
俵屋
売薬商
（本石町）
菱屋
太物屋
（大伝馬町）
魚河岸
（日本橋本船町）
江戸城
日本橋
京橋
升川屋
酒問屋（新川）
虎之御門

# 蓮の露

花暦　居酒屋ぜんや

〈主な登場人物紹介〉

**お花《はな》**……只次郎・お妙夫婦に引き取られた娘。鼻が利く。

**熊吉《くまきち》**……本石町にある薬種問屋・俵屋に奉公している。ルリオの子・ヒビキを飼っている。

**只次郎《ただじろう》**……小十人番士の旗本の次男坊から町人となる。鶯が美声を放つよう飼育するのが得意で、鶯指南と商い指南の謝礼で稼いでいる。

**お妙《たえ》**……居酒屋「ぜんや」を切り盛りする別嬪女将。

**お勝《かつ》**……お妙の前の良人・善助の姉。「ぜんや」を手伝う。十歳で両親を亡くしたお妙を預かった。

**おかや**……「ぜんや」の裏長屋に住むおかみ連中の一人おえんの娘。父は左官。

「ぜんや」の馴染み客

**菱屋《ひしや》のご隠居**……大伝馬町にある太物屋の隠居。只次郎の養父となった。

**升川屋喜兵衛《ますかわやきへえ》**……新川沿いに蔵を構える酒問屋の主人。妻・お志乃は灘の造り酒屋の娘。息子は千寿。

**俵屋《たわらや》の主人**……本石町にある薬種問屋の主人。

# みのむし

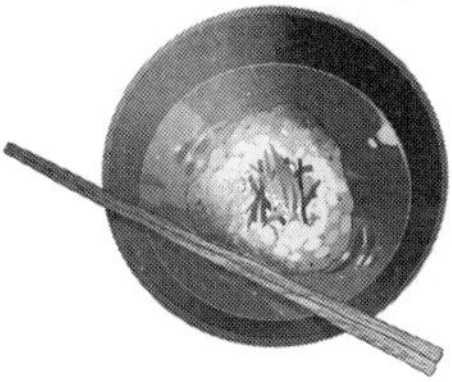

# 一

しつこく降り続く雨を受け、土手に植えられた柳が色を濃くして揺れている。

足元の悪さを嫌ってか、すれ違う人は少ない。通り沿いの床店《とこみせ》もちらほらと閉まっており、そのせいか水と土のにおいがより強く感じられた。

風に煽《あお》られた柳の葉がきらめく雫《しずく》を振りまいて、どこかの草むらで蛙《かえる》が喜びの声を上げている。俳人ならばこのあたりで矢立《やたて》を取り出し、一句したためるところだろう。

だが熊吉《くまきち》は、そのような素養を持ち合わせてはいなかった。

寛政《かんせい》十二年（一八〇〇）、閏《うるう》四月。薬種商にとっては大敵の、梅雨《つゆ》の最中である。

生薬《きぐすり》はとにかく、湿気を嫌う。油断するとあっという間に黴《かび》が生え、使い物にならなくなってしまう。

ゆえに外回りの際は油紙で包んでから行商簞笥《だんす》に入れ、さらに背中に負《お》うた荷物ごと、合羽《かっぱ》を羽織《はお》る。厚手の紙に桐油《とうゆ》を引いた桐油合羽は身動きがしづらくて、その不自由さにも苛立《いらだ》ちが小さく募《つの》る。

泥濘《ぬかるみ》の泥を撥《は》ね上げながら、熊吉は土手の切れ目にある社《やしろ》に入った。

雨に煙《けぶ》る、柳森稲荷《やなぎもりいなり》である。末社の並ぶ奥のほうまでぐるりと巡ってみても、参拝客の姿は見当たらない。すぐ脇《わき》を流れる神田川《かんだがわ》の勢いが増しているのか、水音が不穏に響くのみだった。

またここに、足を運んじまった。

このところ神田界隈《かいわい》に用があると、つい柳森稲荷に立ち寄ってしまう。そしてありもしない人の姿を、必死に追い求めるのだった。

お花《はな》がこの社で見知らぬ少年から生薬を受け取ったのは、先月二十一日のこと。「砕《くだ》いて酒の甕《かめ》に入れとくといい」と勧《すす》められたそれは、毒のある附子《ぶす》だった。

幸いにというべきか、お花がそれを行李《こうり》に入れたまま忘れていたため、毒酒が作られることはなかった。だが言われたとおりにしていたら、蛸《たこ》づくしの宴《うたげ》に集まった旦《だん》那《な》衆の中から死人が出ていたかもしれない。

そう考えると、今でも脇腹がゾッと冷える。たとえ命までは取られずとも、飲めば無事ではいられぬ毒だ。そんなものを振る舞ったとあれば『ぜんや』だって、店を閉める羽目《はめ》になっただろう。

なぜこんな、物騒なことが起こってしまったのか。お花曰《いわ》く少年は、熊吉の友達を名乗ったらしい。蓮根《れんこん》の煮物が苦手ということまで知っていて、それならばと警戒《けいかい》を解いてしまったのだ。

少年は、いったい何者なのだろう。熊吉の胸には、よく知る男の面影《おもかげ》が浮かんでいる。

そんなもん、長吉《ちようきち》以外に誰《だれ》がいるんだ。

お花は自分と同じくらいの歳《とし》の子だったと言っていたが、長吉は十九の男にしてはずいぶん小柄《こがら》だ。初対面ならば、十五、六歳に見えるはず。そもそもただの大工の見習いが、附子の塊《かんまり》なんぞ持っているはずがない。

熊吉は、もはや確信していた。長吉は江戸に戻ってきている。その上で、『ぜんや』に集まる旦那衆を害しようとしたのだ。

おそらく狙《ねら》いは、俵屋《たわらや》の旦那様。他の者は巻き添えだろう。升川屋《ますかわや》や三文字屋《みもじや》たちには、遺根《いこん》などないはずだ。

なんの恨《うら》みもない者が死んだって構わないと、思えるなんて——。

それほどまでに長吉は、俵屋を憎んでいるのか。育ててもらった恩こそあれ、報復を誓《ちか》うようなことなどなにもなかったはずなのに。

もっとも奉公なのだから、辛《つら》いことがまったくないとは言わない。だが俵屋は奉公先としては上等だ。たとえば幼いころに出会った丈吉《じょうきち》という少年は、奉公先の蠟燭屋《ろうそくや》の主人がケチでろくな飯が出ず、その上癇癪《かんしゃく》持ちのお内儀に追い回されて苦労していた。

そんな例は、いくらでもある。その点俵屋は、奉公人の待遇《たいぐう》が手厚い。飯はお代わりし放題だし、具合が悪いときには無理して働かせないばかりか、薬まで調合してもらえる。

それでも年に幾人か辞めてゆく者はいるが、主に当人の力不足だ。覚えることが多い薬種問屋の仕事についてゆけず、脱落してゆく。そんな場合でも旦那様は次の奉公先が見つけやすくなるように、できるかぎりの配慮《はいりょ》はしていた。

いくらなんでも、逆恨《さかうら》みすぎやしないか。

こうなってはもう、長吉を捨て置くことはできない。なにがなんでもとっ捕まえて、裁きを受けさせねば。ただその前に一発くらいは、ぶん殴《なぐ》ってやりたいと思う。

笠から滴《したた》る雨垂《あまだ》れが、肩を濡《ぬ》らす。人の気配を感じて振り返ると、背中の曲がった婆《ばあ》さんだった。この雨の中を出てくるとは、きっと参拝が日課になっているのだろう。

今さらどの面《つら》下げて、長吉がこの社にやってくるというのだ。自分がお尋《たず》ね者になっていることくらい、重々承知のはずだった。

それなのに、熊吉は未練がましくここに来てしまう。まるで長吉の足跡が、まだ残っていると言わんばかりに。

視線を落としたところで、目に入るのは泥に汚れた己の足元のみ。踏《ふ》み荒らされた地面に残る下駄《げた》の跡は、もはや誰のものとも見分けがつかなくなっていた。また、無駄足を踏んじまった。

肩に溜《た》まった雨粒を払い落としてから、熊吉は柳森稲荷を後にする。足取りがやけに重いのは、泥濘に下駄が取られるせいばかりではなかった。

おや、あれはもしや。

柳原《やなぎわら》通りに戻り歩を進めていた熊吉は、横町から出てきた父と娘らしき二人を見て目を眇《すが》めた。

雨で視界が悪い上に、相手は大きな番傘《ばんがさ》を差しているので顔が窺《うかが》えない。だがその背格好には、ひどく馴染《なじ》み深いものを覚えた。

ためしに足を速め、追いついてみる。二人で一つの傘を使っている父娘《おやこ》は、歩みがゆっくりだ。少しばかり追い越してから、振り返る。

「ああ、やっぱり」

思ったとおり、身を寄せ合って歩いていたのは只次郎《ただじろう》とお花だった。

「おや、熊吉」と、傘の柄を握る只次郎も驚いている。

己の腹具合から推《お》し量《はか》るに、そろそろ昼四つ（午前十時）というところ。『ぜんや』の調理場は今ごろ、仕込みで大忙しのはずである。そんな刻限に只次郎はともかく、お花が外を出歩いているのはなにゆえか。

あのへんは、豊島町《としまちょう》だよな。

二人が出てきた横町をちらりと窺ってから、問いかける。

「どうしたんだい、揃《そろ》ってお出かけかい？」

お花は親しい熊吉を前にしても、じっとうつむいたままだった。なんとなく、顔色も悪いようだ。只次郎がその肩を包み込むように抱いているのは、雨垂れから庇《かば》おうとしているばかりではないのかもしれない。

「ああ、そこの蕎麦屋《そばや》の二階で寄席《よせ》を開くと聞いたんでね。気晴らしに聴きに行ってみたんだ」

そういえば只次郎は以前、お花を寄席に連れてゆくと約束させられていた。

二年前に大坂《おおさか》からやってきた岡本某《おかもとなにがし》という男がこの近くに寄席を開き、以来江戸ではますます落とし咄《ばなし》が盛んである。趣味人の旦那や軽口好きの職人などが集まって、そういった会を催《もよお》すこともよくあった。

知り合いの多い只次郎は誰かに誘われるかして、ちょうどよいとお花を伴って出かけたのだろう。

「けれども途中で、お花ちゃんの気分が悪くなってしまってね。こうして抜けてきたんだよ」

なるほどやはり、お花は調子が優れなかったらしい。普段から飯をちゃんと食べているのだろうか。育ち盛りのはずなのに、このひと月で面《おも》やつれしたようである。

「そりゃ大変だ。ちょうど『ぜんや』に寄ろうと思ってたから、荷物持ってやるよ」

只次郎は傘の柄を握った手に、さらに風呂敷《ふろしき》包みを提《さ》げていた。その高さで持つのは重かろうと、手を差し出す。

熊吉が向かっていたのは両国《りょうごく》方面だったから、嘘《うそ》も方便だと只次郎には伝わったはず。だがどうせ、『ぜんや』にも後から寄るつもりだったのだ。順番が前後したところで、なにも困らない。

「助かるよ」と託《たく》された包みの中身は、重箱らしい。おそらくお妙《たえ》が昼餉《ひるげ》のつもりで持たせた弁当だ。重さからして、中身はまだ入っている。

せっかくの弁当を食べる暇《ひま》もなく、中座してきちまうなんて。

それほどまでに、自分を責めなくたっていいのに。

熊吉は生気のない顔でぼんやりと突っ立っているお花を哀《あわ》れみ、同時に申し訳なさを感じていた。

二

たっぷりの握り飯に、蒲鉾《かまぼこ》、卵焼き、隠元《いんげん》の胡麻《ごま》和《あ》えとちりめん山椒《さんしょう》。

中身がそっくりそのまま残っている重箱の蓋《ふた》を開け、お妙は痛ましげな顔をした。

「そう、それはついていませんでしたね」

再び蓋を閉め、仕方がないと首を振る。

隠元の胡麻和えとちりめん山椒は『ぜんや』の今日のお菜《さい》でもあるらしく、大皿に盛られてすでに見世棚《みせだな》に並んでいた。

只次郎やお花と共に足盥《あしだらい》を使わせてもらった熊吉は、指の股まで手拭《てぬぐ》いで丹念にこする。そうしておかないとこの時期は、水虫《みずむし》になりかねない。奉公人は大勢が寄り集まって暮らしているため、一人がかかるとほぼ全員にうつってしまう。

お花はすでに足を濯《そそ》ぎ終え、二階の内所に引っ込んでいた。しばらくは、お妙が延べてくれた床で休むという。店の手伝いをしていないと落ち着かない娘なのに、よほど気分が悪いのだろう。

「私もまさか、こんなことになろうとは。ちょっとばかり浮世《うきよ》を忘れて、楽しく過ごせればと思ったんだけどね」

小上がりの縁《へり》に腰掛ける只次郎は、見るからに悄気《しょげ》ている。よかれと思ってしたことが裏目に出てしまったのだから、無理もない。

なんでも今日の会の初《しょ》っぱなが、狂言の「附子」を落とし咄に改作したものだったという。有名な狂言だから、熊吉でも話の筋を知っていた。

主人から留守番《るすばん》を言いつかった太郎冠者《たろうかじゃ》と次郎冠者《じろう》、猛毒の附子が入っているから近づくなと注意された桶《おけ》の中身が砂糖と知り、夢中になってすっかり平らげてしまう。

さて困った。主人にどう言い訳をしたものか。そこで二人は知恵を働かせ、主人が大事にしている掛け軸や茶碗《ちゃわん》を壊してしまった。そして涙《なみだ》ながらにこう訴えるのだ。

「大事なものを壊してしまい、死んで詫《わ》びようと附子を食べたのに、死ねなくて困っております」

サゲまでちゃんとあるこの話は、たしかに落とし咄に向いている。でも今のお花には、附子は禁句だ。下手《へた》をすれば人殺しになっていたかもしれぬという恐怖が、胸に蘇《よみがえ》ってしまう。

「申し訳ねえ。こっちの私怨《しえん》に、あいつを巻き込んじまって」

熊吉は床几《しょうぎ》から立ち上がり、深々と頭を下げた。

お花は歳の割に幼くて、容易《たやす》く人を信じてしまう。危なっかしいが、それは美点でもあったはずだ。長吉のせいで人間不信に陥《おちい》るのは、自分だけで充分だった。

只次郎の傍《かたわ》らに立つお妙が、「いいえ」と首を振る。

「恐ろしいことだけど、あの子はただ巻き込まれただけじゃないと思うの」

熊吉は、その言わんとすることを察して尋《たず》ねた。

「お槇《まき》さんのことかい？」

そのとおりだと、お妙は静かに頷《うなず》く。

お花の実母であるお槇。まさかあの女まで、江戸に戻ってきているとは思わなかった。しかもどうやら附子を渡してきた少年と、浅からぬかかわりがあるらしい。

長吉と思《おぼ》しき少年は、お槇の亭主は大工で、自分はその弟子《でし》だとお花に言ったそうだ。そして二人からは、同じような材木の香りがしていたという。

その話を受け、目明かしや同心が動いた。お槇の住まいは大川《おおかわ》の向こう側だというから、本所《ほんじょ》、深川《ふかがわ》界隈の大工の家々を訪ね歩いたのである。だがそれらしき女と少年は、いまだ見つかっていなかった。

「お花ちゃんが、私たちに隠れてお槇さんと会っていたなんてね」

只次郎が、視線を落として寂《さび》しげに呟《つぶや》く。お槇との再会を、秘密にされていたことがこたえているのだ。

「ごめん。実はオイラ、お花がこっそり誰かと会ってるって知ってたんだ。でもそろそろ色気づく年頃かと思って、深く聞かずに済ましちまった」

熊吉の、もう一つの引け目はこれだった。

手心《てごころ》など加えずあの春の井戸端で、逢《あ》い引きの相手は誰だと聞き出していたならば。きっとこんな事態には、陥らなかったはずである。

もう一度頭を下げると、お妙が近寄ってきて肩を撫《な》でてくれた。子供のころはうんと見上げていた顔が、すぐ近くでそっと微笑《ほほえ》んでいる。

「熊ちゃん、顔を上げて。それを言うなら私もだわ。お花ちゃんが理由をつけて、外に出たがる日があることには気づいていたの。だけどうちの手伝いばかりしていたあの子が、なにか楽しみを見つけたのかもしれない。そう思って、しばらくはなにも言わないつもりだったのよ。本当の母親だったら、遠慮なく問い詰められたのかもしれないけど」

情けないわねと呟いて、指先で軽く目尻《めじり》を払う。芯《しん》の強い人ではあるけれど、お妙もかなり参っているようだ。

なんと声をかければいいか分からなくて、鍋《なべ》の煮立つ音が耳につく。コトコトと、豆でも煮ているのだろうか。焦《こ》げたにおいはしないから、まだ放《ほう》っておいても平気なようだ。

そんなことに気を取られていたら、只次郎が大きく二つ手を叩《たた》いた。

「よしましょう。過ぎちまったことを悔やんでも、時は戻りません」

悔しいけれど、そのとおりだ。己を責めたところでなにも変わらないばかりか、どんどん卑屈《ひくつ》になってゆく。場数を踏んでいる只次郎は、こういうときこそ前を向くべきだと心得ているのだろう。

だがその後に続いた言葉に、熊吉は我が耳を疑った。只次郎は冗談《じょうだん》めかした様子もなく、こう言ったのだ。

「ひとまず今考えるべきは、この手つかずの弁当をどうするかだよ」

嘘だろうと、口の中で呟いた。只次郎の食い意地は今にはじまったことではないが、まさか傷心の養《やしな》い子を差し置いて、弁当の心配をするほどとは。

「兄ちゃん、そりゃあいくらなんでもだ」

憤りすら覚え、熊吉は気を落ち着かせようとこめかみを揉む。ところが只次郎ときたら、責められても平然としたものだ。

「いくら私でも、二人分を平らげるのは骨だからね。お花ちゃんも食べられるように、どうにか工夫《くふう》できませんか」

「そうですね、朝もあまり食べていませんでしたし」

問われてお妙が、表情を引き締める。

これは熊吉の早合点《はやがてん》だ。只次郎はお花の食が細いのを気にかけている。親としては、子が健《すこ》やかであることに勝《まさ》るものなどないはずだ。

脱力ついでに、床几に腰を下ろす。頭には、お花の真っ青な顔が浮かんでいた。

「やっぱり、食えてねぇのか」

「ええ」と頷いたのは、お妙である。

「口当たりのいいものなら、どうにか食べてくれるんだけど。油っこい天麩羅《てんぷら》や、魚料理は駄目ね。それにこの夏は、枝豆を店に出せそうにないわ。お花ちゃんが、においだけで吐いてしまうの」

「ああ、そうか。元からあいつ、枝豆が苦手だもんな」

苦手の理由ははっきりしている。お花と暮らしていたころのお槇は、枝豆売りをしていた。籠《かご》いっぱいに茹《ゆ》でた豆を、夏の宵《よい》に売り歩くのだ。

好むと好まざるとにかかわらず、香りは記憶を呼び戻す。特にお花のような、鼻が利《き》く者であればなおさらだ。枝豆のにおいを嗅《か》ぐとどうしても、お槙を思い出してしまうのだろう。

まさかあの女に悩まされる日が、また巡ってくるとはな。

口の中に苦々しいものが広がって、熊吉は顔をしかめた。

親とは子の健やかな成長を望むもの。だがすべての親がそのかぎりでないことも知っている。お槙はまさに、後者であった。

「オイラにゃ分からねぇよ。折檻《せっかん》されて空《す》きっ腹で外に放り出されてさ、ひどい目にならいくらでも遭《あ》わされてきただろうに、なんでお花はあの女に会いに行っちまうんだ？」

そんな者を、親と慕《した》う理由がない。それとも熊吉が思う以上に、血の絆《きずな》とは厄介《やっかい》なものなのだろうか。

これはただの愚痴《ぐち》で、答えがほしかったわけではない。お妙や只次郎だって、きっと似たような虚《むな》しさを抱えているはずだった。

でもお花を責めるのもまた、お門違いだ。

お妙はもう一度熊吉の肩を撫でてから、小上がりに置かれたお重を取りにゆく。蓋を開け中身をたしかめて、己を奮《ふる》い立たせるように「よし」と頷いた。

「食べやすいように工夫してみます。七厘《しちりん》に、火を熾《おこ》してもらえますか?」

『ぜんや』の仕込みが残っており、お妙はそれなりに忙しい。用を言いつけられて只次郎が、「お任せください!」と立ち上がった。

折敷《おしき》を手にし、ゆっくりと階段を上ってゆく。足取りが慎重《しんちょう》なのは、お花が眠っていた場合に備えてのことだ。

『ぜんや』の二階は二間続き。奥の間でお花は休んでいる。襖《ふすま》を薄く開け、隙間《すきま》からそっと中を窺ってみた。

はたしてお花は起きていた。寝ようにも眠れなかったのか、夜具に半身を起こし、魂《たましい》が抜かれたような顔をして座っている。熊吉に気づくと微《かす》かに頭を動かして、生気のない目を向けてきた。

こりゃあますます、悪くなってやがる。

龍気補養丹《りゅうきほようたん》の補充のため、『ぜんや』には三日に上げず通っている。お花は立ち直るどころか、どんどん陰《いん》に籠《こ》もってゆくようだ。養い親に迷惑をかけまいとしてか、泣いたり喚《わめ》いたりはせず、ただ静かに弱ってゆく。

けっきょくそれが一番、心配の種《たね》だってのにさ。

「入っていいか?」と尋ねると、お花は小さく頷いた。拒《こば》むほどの気力もないという風情《ふぜい》であった。

熊吉は遠慮なく中に入り、夜具の脇に腰を下ろす。さりげなさを装《よそお》って、手にした折敷を掲《かか》げてみせた。

「ほら見ろ、すげぇぞ。手つかずだった弁当を、お妙さんが作り替えてくれたんだ」

折敷の上には、大振りの飯茶碗が二つ。お花と熊吉の分である。

弁当の握り飯をまず七厘で炙《あぶ》り、ほどよく焼き目をつけたものの上に、ちりめん山椒をたっぷり振りかける。さらに茗荷《みょうが》と青紫蘇《あおじそ》の千切りを盛り、擂《す》り胡麻を少々。仕上げに鰹出汁《かつおだし》の吸い物を回しかけた、茶漬けであった。

ちょうど小腹の空く頃合いだろう。こんがり焼けた握り飯の香ばしさが湯気に乗って立ちのぼり、よりいっそう腹の虫を切なくさせる。おこげが大好きなお花には、たまらないはずだ。これなら鰹出汁と共に、いくらでも掻《か》き込めそうだった。

それでもお花の眼差《まなざ》しには、感情らしきものが窺えない。その頬《ほお》は、能面のように硬そうだ。

この表情を、熊吉はよく知っている。暑気あたりを起こして只次郎に拾われたばかりのころのお花は、まさにこんな様子だった。

振り出しに、戻っちまったみてぇだな。

おそらくお花は感情を波立たせないことで、己の心を守っているのだろう。一人で耐《た》える必要はもうないのに、誰にも頼れなかったころのやりかたで、この危機を乗り越えようとしている。

「食べねぇのか？　だったらオイラが、二人分食っちまうぞ」

お花は他の誰よりも、熊吉に対し遠慮がない。少なくとも他の者に、「大馬鹿」「大でべそ」などと暴言を吐いているのを聞いたことがなかった。

そんな熊吉相手ならもしかすると、お花も心の膜《まく》を破って弱音を吐けるのではあるまいか。という期待を込めて、二階に送り込まれたわけである。お妙も只次郎も、できることはなんでも試してみたいのだろう。

いやオイラには、荷が重いって。

どんな言葉をかけてやればいいのか、皆目《かいもく》見当もつかない。なんなら熊吉だって、長吉と思しき少年のせいで弱っているのだ。食い気をなくしているのは、なにもお花ばかりではなかった。

でも、この茶漬けは旨《うま》そうだな。

熊吉は折敷を傍らに置くと、お花を差し置いて箸《はし》を取った。変に慰《なぐさ》めの言葉をかけるよりは、いつもどおりに振る舞ったほうが気楽だろう。決してちりめん山椒の茶漬けに惹《ひ》かれて、我慢《がまん》ができなくなったわけではない。

などと頭の中で言い訳をしつつ、まずは出汁を啜《すす》ってみる。お妙のいつもの鰹出汁に山椒の風味が溶け、さらにちりめんじゃこからもいい出汁が滲《にじ》み出ている。五臓六腑《ごぞうろっぷ》に染み渡るようで、熊吉は顔をくしゃくしゃにして「んー！」と呻《うな》った。

これは旨い。山椒が利いているせいか、優しいのに後引く味だ。むくむくと、体の奥に引っ込んでいた食い気が盛り返してくるようだった。

お花はじっと、こちらを見ている。その視線には構わずに、熊吉は箸で握り飯の角を崩してみた。香ばしいにおいがよりいっそう、強くなったようである。

飯茶碗に口をつけ、薬味と共に飯粒を啜った。

ただの飯でも旨かろうが、炙ってあるとやはりひと味違う。握り飯の外側と内側の歯応《はごた》えの違いも面白いし、また焦げ目のついた飯粒が、実によく出汁を吸う。少しふやけて、浮き実のようになっているのも味わい深い。

「ぷはっ！」

我を忘れて掻き込んでしまい、慌てて息継《いきつ》ぎをした。雨に打たれて冷えていた手先足先に、血が巡るのを感じる。腹の底がぽかぽかして、熊吉は久方振りに小さな幸福を味わっていた。

「熊ちゃん、ついてる」

お花がやっと、言葉を発した。そう言いながら、己の口元を指している。

「ああ、ありがとよ」

同じところを擦《こす》ってみると、飯粒がついていた。それをぺろっと舐《な》め取って、箸を持ち直す。

お花の喉《のど》が上下したように見えたのは、気のせいだろうか。熊吉は構わずに、茶漬けの残りに取りかかった。

「ああ、旨かった」

一杯目を難なく平らげて、衿元《えりもと》を寛《くつろ》げる。うっすらと、肌に汗をかいている。それが風呂上がりのように心地よかった。

「じゃあ、お前の分ももらっちまうぞ」

空《から》になった飯茶碗を置き、代わりにもう一方を手に取る。その迷いない動作に、お花がたまらず「あっ！」と声を上げた。

「なんだ、食うのか？」

それなのに、問いかけてももじもじしている。

「いらねぇんだな？」

念を押してやると、ようやく手を差し出してきた。

「でも、全部は食べられないかもしれない」

「構わねぇよ。残したら俺が食ってやる」

腹はそれほど減っていないが、熊吉の食べっぷりを見て羨《うらや》ましくなったようだ。もぞもぞと、お花が寝床《ねどこ》から這《は》い出てくる。その手にしっかりと、飯茶碗を握らせてやった。

茶碗に口をつけ、まずは出汁をひと口。ごくりと飲んで、お花はほうと面《おもて》を上げた。心なしか、頬が緩《ゆる》んだようである。

握り飯を崩して、ふた口目。熊吉の真似《まね》であるかのように、お花は顔をくしゃくしゃにして味わっている。きっと旨みが、体中に染みているのだ。

「はぁ」と肩で息をつく、お花の目には感情が戻っていた。

「美味《おい》しい」

呟いたとたん、その目に涙が盛り上がる。またたく間にそれは、頬へとしたたり落ちていった。

「やだ、どうしよう」

溢《あふ》れ出る涙を止められず、お花は大いに戸惑《とまど》っている。

このひと月の間、自覚もなく我慢していた涙であろう。流せるだけ流してしまえばいい。

熊吉は茶碗と箸を受け取って、いったん折敷に戻してやる。それから懐《ふところ》の手拭いを取りだそうとして、はたと動きを止めた。

そういやこの手拭いは、さっき足を拭《ふ》いたばかりだ。

どうしたものかと周りを見回し、立ち上がる。そうして文机《ふづくえ》の上に置かれていた浅《あさ》草紙《くさがみ》の束《たば》を、お花に差し出してやった。

三

泣けるかぎり泣いてから、お花は冷めてしまった茶漬けをすっかり平らげた。

腫《は》れぼったい顔をして、「美味しい、美味しい」と言いながら食べた。最後に盛大に洟《はな》をかみ、人心地《ひとごこち》ついたようだった。

なんだか懐かなかった猫の、餌《え》づけに成功したような気分だ。熊吉はお花の食べる姿を、目を細めて見守っていた。

「どうだ、団子《だんご》が先だろう?」

いつかお花に言われたことを、そのまんま返してやった。胃を痛くしながら、行方《ゆくえ》知れずの長吉を尋ね歩いていたときである。手作りのおはぎを持ってきて、お花は「なにもかも、お腹《なか》いっぱいになってからなの」と力説した。

お槇が次にどう出てくるか分からないが、それに立ち向かうためにも、弱っている場合ではないのだ。無理にでも食べて気力体力を蓄《たくわ》えておかねば、それこそ尋ね人を見つけても逃げられてしまう。

自分の言葉を返されて、お花は「そうだった」と目を見開いた。

「忘れてんじゃねぇよ。とにかく飯は食え。お妙さんが心配するだろ」

きっと今も階下から、こちらの気配を窺っている。お花が茶漬けを平らげたと知れば、涙を浮かべて喜ぶはずだ。

そんな親心を、お花はまったく分かっていない。

「私、お妙さんに見捨てられてない?」

切羽《せっぱ》詰まった表情で、見当外れなことを聞いてくる。

「ふざけやがらぁ。そんなこと、あるわけねぇ」

「でも私、お妙さんに嘘をついちゃった」

なにがあっても大丈夫だと何度言い聞かせてやっても、お花は「いつか捨てられるかもしれない」という考えから抜け出せない。柔《やわ》らかな心にそんな楔《くさび》を打ち込んでいったお槇を、熊吉は心底憎いと思う。

しかもあの女は性懲《しょうこ》りもなく再びお花の前に現れて、新たな傷をつけていった。時をかけても心の傷は、完全に塞《ふさ》がるということがないのに。

「なぁ。お前はなんで嘘をついてでも、おっ母《か》さんに会いたかったんだ？」

怒りでつい、語調が荒くなってしまった。お花は肩を縮め、「分からない」と首を振る。

そういえば井戸端で話をしたときにも、お花は「よく分からない」と言っていた。思い返してみれば、自ら進んで会っているわけでもなさそうだった。

それでも実のおっ母さんに会いたいと言われれば、情が出ちまうか。

お槇とは、一のつく日に会っていたという。だがその日に目明かしや同心が見張っていても、それらしき女は柳森稲荷に姿を現さなかった。ようするに長吉のしくじりが、お槇にも伝わっているということだ。

百歩譲《ゆず》って長吉が、恨みを晴らそうとするわけはまだ分かる。しかしお槇は、いったいなにがしたかったのか。実の娘を人殺しにしても、あの女に益があるとは思えない。

まさかお花が幸せそうに暮らしてるのが、許せなかったとか？

その思いつきに、脇腹がゾッと冷えた。あれはそこまで、業《ごう》の深い女だろうか。お槇のような女にとって子というのは、己の意のままに扱えるものでしかないのかもしれない。

しかしお花には、また別の考えがあるらしい。思い詰めた眼差しで、何度目になるか分からぬ問いを重ねてきた。

「ねぇ、おっ母さんと『ばくちこき』の繋《つな》がりは、見つかった？」

いつまた泣きだすか分からぬ空ではあるが、『ぜんや』を後にするころには雨が上がっていた。

どこから流れてきたのだか、水馬《あめんぼ》が大きな水溜まりを横切ってゆく。湿り気を帯《お》びた風が、水面にさぁっと模様を描き出していった。

道行く人もほっとした顔で、しかし畳《たた》んだ傘を持て余しながら歩いている。荷物になるので熊吉は笠を被《かぶ》り、合羽だけを手挟《たばさ》んでゆくことにした。

「熊ちゃん、どうもありがとう。無理を言って悪かったわね」

屋外まで見送りに出てきたお妙が、あらたまって腰を折る。やめとくれよと、熊吉は慌てて手を小刻《こきざ》みに振った。

熊吉にとっても、お花は妹のようなもの。わざわざ礼を言われるほどのことはしていない。残さず飯を食べられたなら、それがなによりだった。

そろそろ給仕のお勝《かつ》がやって来てもおかしくはない頃合いだ。思いのほか、長居してしまった。

「じゃあ、また明後日《あさって》くらいに来るね」

お妙に暇《いとま》を告げてから、背中の荷を揺すり上げて今度こそ両国を目指す。雨が上がったところで地面が泥濘《ぬかる》んでいることに変わりなく、慎重に歩を進めてゆく。

ほんの少しの晴れ間でも、この時期には貴重なもの。雨に降り籠められていた子供らが我先にと通りに出て、泥が跳ねるのも構わずに走り回っている。しゃがんで泥団子を捏《こ》ねている者もおり、こりゃあ洗濯《せんたく》が大変だと熊吉は親に同情する。

そんな折、走っていた子が「おーい、佐助《さすけ》！」と友達を呼んだ。

別人と分かっていても、ついどきりとしてしまう。

熊吉の声を盗んだと思われる七声《しちせい》の佐助もまた、その後の足取りが摑《つか》めていない。お花の言う、「ばくちこき」である。

お槇と、附子を渡してきた少年。その二人には、なんらかの繋がりがあるのだろう。しかしお花はそれだけでなく、七声の佐助ともかかわりがあるはずだと言っていた。理由は、体にまとっていたにおいである。『ぜんや』に客として来ていた佐助からは木の香りがし、お花は指物師《さしものし》なのかもしれないと思ったそうだ。そしてお槇と少年も、同じく材木のにおいをさせていた。

だからきっと、三人は知らない間柄《あいだがら》ではない。先月から、ずっとそう訴《うった》えている。だがその主張に、元吟味方与力《ぎんみかたよりき》の柳井《やない》様は「どうだろうなぁ」と首を傾《かし》げた。いまひとつ、腹に落ちない。はっきりと言葉にはしなかったが、表情がそう物語っていた。

正直なところ熊吉も、七声の佐助のにおいはただの偶然ではないかと思っている。だってそうでなければお槇と少年もまた、蓑虫《みのむし》の辰《たつ》という盗賊の一味ということになりはしまいか。

もし仮に一味だとするならば、なぜ少年は旦那衆に附子を盛ろうとしたのだろう。その毒で誰かが命を落としたとしても、一文の得にもなりはしない。押し込みに失敗し、息を潜《ひそ》めて次の機会を狙っていた賊が、そんな迂闊《うかつ》なことをするものか。

だからお槇と賊の件は、分けて考えたほうがいい。只次郎やお妙だって、頭ではそう理解しているはずだ。かといってお花の必死の訴えを無下にもできず、「繋がりがあるという線も捨てないでください」と、柳井様に頼んでいた。

材木のにおい、か。

そういえばお花はもう一つ、気になることを言っていた。お槇は大工のお内儀だということだが、にしてもその体にまで材木のにおいが染みついているのはおかしいのではないか。げんに大工の良人《おっと》を持つお勝からはにおいがしない、というものだ。

大工は出職、すなわち客先に出かけてする仕事である。お内儀が作業場に顔を出すことがあるとすれば、せいぜい弁当を届けに行くくらいのもの。その程度では、においが移るはずがない。

しかしそれもお勝曰く、「鉋屑《かんなくず》をもらって家に溜めてりゃ、においがすることもあるかもしれないよ」とのことである。

鉋屑は、いい焚《た》きつけになる。床下なんぞに溜め込んでいれば、家中が真新しい木の香りに満たされるだろう。そういうことも、なきにしもあらずであった。

ああもう、どうなってんだ。

この件について考えはじめると、堂々巡りになってしまう。

そもそも材木のにおいなどこの江戸の町にはありふれたものだ。とにかく火事が多いせいで、常にどこかで普請《ふしん》がはじまっている。二月に町ごと焼け落ちた吉原《よしわら》にも、今ごろは木材が運び込まれているはずだった。

木槌《きづち》を振るう音が聞こえてきて、熊吉は顔を上げる。そろそろ両国西広小路《にしひろこうじ》に差しかかろうというところ。浄瑠璃《じょうるり》小屋なのだろうか、雨が上がったその隙にと、大急ぎで普請が進められていた。

雨に濡れてよりいっそう、檜《ひのき》らしき香りが立っている。

ちくしょう、手がかりがあやふやすぎるんだよ。

もう少し、お槇はなにか言い残さなかったのだろうか。このままでは、居場所を絞り込めそうにない。

鼻の利くお花はどうしても、においに頼りがちである。たとえばお妙は菫《すみれ》の花、只次郎は優しいにおいがするそうだが、常人にはさっぱり分からない。

やれやれと、熊吉は首の後ろを掻きむしった。

外回りにとっては幸いなことに、午後からは少しも雨が降らず、地面も多少は固まった。

四

はじめからそうと分かっていれば、朝のうちは店でできる仕事を片づけたのに。人の心と同様に、天気とはままならぬものである。

両国から本所、深川方面の得意先を巡りつつ、長吉の姿はないかと常に目を光らせていた。すれ違う人はもちろんのこと、路地にまで視線を走らせて、似た背格好の者を見つけるたび身構えた。

そのせいで、帰りの足取りは重い。このところ大川の先に行くときは、いつも以上に気が張ってしまう。さっさと荷物を下ろして、畳にひっくり返りたいと思うほど疲れていた。

そんな簡単に見つかってちゃ、世話ねぇよな。

永代橋《えいたいばし》で夕七つ（午後四時）の鐘《かね》を聞きながら、熊吉はため息を落とす。大川の入り江は西日に煌《きら》めいて、海猫がうるさいほど飛び交《か》っている。

鼻先を横切っていった海猫の姿を追って、佃島《つくだじま》のほうへ顔を向ける。磯辺《いそべ》では漁師のおかみさんらしき女たちが、しゃがんでなにかを採っているところだった。岩海苔《いわのり》だろうか。海苔といえば宝屋《たからや》のお梅《うめ》と若旦那の縁談も、いったん棚上げになっている。

俵屋の旦那様が、命まで狙われたのだから無理もない。こんな物騒な家には嫁《よめ》を迎えられないと、当の若旦那が言い張った。

もちろんお梅の身の安全を、慮《おもんぱか》ってのことである。だがいくらかは、ついに持ち上がった縁談に怖《お》じ気づいたせいもあろう。

お梅に好意を抱いていることは、まず間違いないのだが。いつまで経《た》っても、腹を決めぬお人である。

なにからなにまで、うまくいかねぇな。

去年あたりからどうも、運の巡りが悪い気がする。もしや厄年《やくどし》かと思えども、十九歳は女の厄で男にはかかわりがないはずだった。

しかし盗賊にお槇に長吉らしき少年、それに縁談の先延ばしと続けば、なにかあるのかと疑ってしまう。日頃から信心のあるほうではないけれど、たまたま見かけた稲荷の社に手を合わせ、熊吉はじっと目を閉じた。

どうか長吉の居所が、早く摑めますように。

帰り道のついでにもう一軒得意先を訪ねてから、熊吉は本石町《ほんごくちょう》に帰り着いた。

長雨の時期でも俵屋の大暖簾《おおのれん》は、泥跳ねもなく冴《さ》え冴えとしている。朝のうちは仕事にならなかった物売りたちが日々の方便《たずき》を得ようと外に繰り出して、日が傾いても通りはやけに賑《にぎ》やかだった。

小間物屋《こまものや》の行商に、飴《あめ》売り、糊《のり》売り、木っ端《こっぱ》売り。普通なら昼までに売り切って郊外の家に帰ってゆく菜売りもまだ、声を上げて練《ね》り歩いている。

ゆえにさっきから通りを行ったり来たりしている女もまた、その手合いだと思った。郊外から蔬菜《そさい》を売りにくる女のたいていがそうであるように、白髪《しらが》交じりの髪は結《ゆ》わずに後ろで縛《しば》り、手拭いを巻いている。本来なら、気に留めることもないはずだ。

ところが熊吉は妙な胸騒ぎを覚え、俵屋の手前で足を止めた。よく見れば女は、売り物になりそうなものをなにも持っていなかった。

元々なのか、それとも歳を重ねて縮んだのか、やけに小柄な女である。その控《ひか》えめな鼻筋には、たしかに見覚えがあった。

おいおい、嘘だろう。

　そういえば先ほど永代橋の袂《たもと》で手を合わせたのは、高尾《たかお》稲荷であったはず。仙台《せんだい》藩主に身請《みう》けされ、斬《き》り殺された高尾太夫《だゆう》の遺体が引き上げられた地に祀《まつ》られたという、いわくのある稲荷である。

　いくらなんでも、ご利益がありすぎだ。

　もしくは高尾太夫の怨念《おんねん》か。長吉によく似た面差しの女もまた、熊吉に気づいて歩みを止めた。


「悪い、オイラちょっと出てくる！」

　外回りから戻って荷物を下ろすなり、迎えに出た小僧に熊吉は声を張り上げた。

　店の座敷で薬研《やげん》を使っていた手代《てだい》の留吉《とめきち》が、なにごとかと顔を上げる。出てくるもなにも、てめぇはずっと外に出てたじゃねぇか。訝《いぶか》しげにひそめられた眉《まゆ》が、そう言っている。

「おい待て、どこに行くってんだ」

　すぐさま踵《きびす》を返そうとしたら、行き先を問われた。奉公人には本来、好き勝手に歩き回る自由など認められてはいない。

　しかし今は、急を要する。熊吉は短く答えた。

「下駒込村《しもこまごめ》！」

そう告げておけば、旦那様には分かるだろう。そこには長吉の生家がある。身軽になった体で表に飛び出し、熊吉は待たせておいた女を促《うなが》した。

「すみません。さ、行きましょう」

神妙《しんみょう》に頷くのは、以前一度だけ会ったことのある、長吉のおっ母さんである。昨年の秋口に、宗林寺《そうりんじ》の裏手にあるその家を訪ねた。長吉が俵屋から出奔《しゅっぽん》したことだけを伝えると、おっ母さんは恐縮して、戻ったらすぐ知らせると約してくれたものだった。

その母親が、こうして熊吉を訪ねてきたということは——。

時が惜《お》しい。ここから下駒込村までは、行って帰ってくるだけで一刻（二時間）はかかる。詳しい事情は、歩きながら聞くとしよう。

「実は長吉が、先月からうちにおりまして」

熊吉の歩みに合わせると速いのだろう。母親が、息を弾《はず》ませながら話しだす。気は逸《はや》るものの、これでは相手を疲れさせる。熊吉は、足取りを幾分緩めてから問い返した。

「先月？」

戻ったらすぐ知らせるという約束のわりには、遅い気がした。

責めたつもりはないのだが、母親はおどおどと頷く。

「はぁ、ひと月ほど前のことで」

附子の少年が現れたのも、ひと月ほど前のこと。そんなところに隠れていやがったかと、熊吉は唇《くちびる》を噛《か》む。大川の向こう岸に暮らしているらしいというお花の言葉に踊《おど》らされ、本所、深川方面ばかり気にかけてしまった。

今さらどの面下げて、生家に舞い戻っていやがるんだか。

急に里心がついて、おっ母さんの顔を拝《おが》みたくなったというのだろうか。まさかひと月も逗留《とうりゅう》していたとは、あまりの厚かましさに眩暈《めまい》さえする。

「長吉は、元気ですか」

だが長吉の母親は、なにも知らないはずだった。皮肉っぽく聞こえぬよう、努めて平静を装う。息子が人を殺しかけたことなど、今は知らせる必要もない。

「それが、大怪我《おおけが》をしとりまして」

ようやっと、神田川を越したあたりだった。一歩先を歩いていた熊吉は、「えっ！」と目を見開いて振り返る。

「杖《つえ》があれば、歩けるくらいにはなってきたんだけども。はじめはそりゃあ、ひどいもんで」

なんでも長吉は、ひと月前の真夜中にいきなりやって来たという。外壁がガタガタと揺れたのでなにごとかと訝しんで出てみたら、血みどろの男が壁に凭《もた》れて気を失っていた。

こんな夜更《よふ》けに、厄介事はご免《めん》だ。夜が明けるまでこのまま打遣《うっちゃ》っておこうかと思いつつ月明かりでよくよく顔を見てみたら、ひどく腫れ上がってはいるが、行方知れずになっていた息子だったというわけだ。

「どうも袋叩きにされたようで。体中痣《あざ》だらけ、骨の一本や二本は折れとるようでした」

慌てて家の中に担《かつ》ぎ込み、血が出ているところには襤褸布《ぼろぬの》を当ててやった。しかし、それ以上はなにもできない。医者を呼ぶにも薬を買うにも、金がいる。そんな余裕があるはずもない。

話を聞きながら熊吉は、大きな椎《しい》の木の根元に建つあばら屋を思い浮かべた。農具小屋かと見紛《みまご》うような粗末《そまつ》な家で、入り口には戸も入らず筵《むしろ》をかけていた。見るからに、食うや食わずの暮らしだった。

「次の日になってから息子が息を吹き返して、添《そ》え木を拾ってこい、あの葉っぱとあの蔓《つる》を切ってこい、などと言いだしまして。言われたとおりにしてやったら、自分で手当てをしちまったんですわ」

　金はなくとも長吉には、生薬の知識がある。薬になる植物ならお手のもの。自ら添え木をして足を固定し、湿布を作り、飲み薬を調合した。それがひととおり終わるとまた、糸が切れたように意識を手放した。

　それでもしばらくは高熱が出て、傷は膿《う》み、長吉は生死の境《さかい》を彷徨《さまよ》った。一人で身を起こせるようになるまでに、半月ほどもかかったそうである。

「そんなわけだから、お知らせするのがすっかり遅くなっちまって。あとは俵屋さんのほうで、いかようにもしてくだせぇ」

　言い訳をするように、母親はへこへこと腰を屈《かが》めた。

　奉公人は勤《つと》めはじめのとき、雇《やと》い主に必ず請状《うけじょう》を出す。それは身元を保証するための書状であり、給金や奉公の期間といった取り決めの他に、病気や逃亡などの際にはそちらの作法どおりに処遇してもよいとの誓約《せいやく》がしたためられている。

　つまり母親は、その誓約に従って長吉を引き渡そうとしているのだ。そのためにさらに半月、息子の回復を待っていたのだろう。

「ちょっと待ってください。その前に、長吉の傷はいったい誰にやられたんです？」

「分かりゃしません。息子は夜道で襲われたと言うばかりで」

「じゃあ長吉が戻ってきた日の、日にちは覚えてますか」

「はて。先月の、二十二日か二十三日か」

長吉を附子の少年とするならば、柳森稲荷に現れた日の翌日か、翌々日の夜に襲われたということになる。長吉を袋叩きにしたのは本当に、通りすがりのならず者なのだろうか。

「おっ母さんと『ばくちこき』の繋がりは、見つかった?」と問う、お花の切実な眼差しを思い出した。

熊吉はずっと、お槇と附子の少年を、七声の佐助とは切り離して考えたほうがいいと思っていた。その根拠は旦那衆の誰かを毒殺しても、盗賊たちにはなんの旨みもないという一点のみである。

しかしこうも考えられるのではないか。少年がお花に附子を渡したのは、彼の独断なのだと。

もしも長吉が、賊の一味だとしたならば――。

押し込みの標的を俵屋に絞ったのは私怨もさることながら、内情を熟知していたからだろう。そこを賊の頭《かしら》に買われ、仲間に引き入れられたのかもしれなかった。

　しかし俵屋への襲撃は、不首尾《ふしゅび》に終わった。賊は息を潜め、虎視眈々《こしたんたん》と次の狙いを定めてゆく。一度失敗した俵屋を、再度襲うのは危険が多い。ならばと、新しい獲物《えもの》を物色することにしたはずだ。

　そういやお花は附子の少年に、「菱屋《ひしや》のご隠居の孫なんだって？」と聞かれたと言っていた。案外次の狙いは、菱屋だったのかもしれない。お槇が今さらお花に近づいてきたのも、ご隠居の孫という縁があったからだとすれば、説明がつく。

　だがそれでは長吉は、俵屋に意趣《いしゅ》返しができない。そうはさせじという焦《あせ》りから、破れかぶれでお花に附子を手渡した。もはや誰が死んだって、構わなかった。

　これらはしょせん、熊吉の当て推量にすぎない。その割には恐ろしいほど、繋がってゆく。長吉は独断としくじりを咎《とが》められ、仲間から半死半生の目に遭わされたのだ。

　それでもどうにか命からがらで逃げ出して、行くあてもなく生家を頼った。しかし実の母からも、こうして俵屋に売られようとしている。

　母親はおそらく、誓約違反を恐れているのだろう。俵屋ほどの大店《おおだな》から、贖金《しょつきん》を求められては敵《かな》わない。そうでなくとも幼子を抱えた貧乏《びんぼう》暮らしでは、長吉の滞在は重荷になっているに違いなかった。

「知らせてくだすってありがとうございます。助かります」

熊吉が礼を言うと、母親は首をすくめて卑屈に笑った。怪我が治りきらない息子を引き渡すことに、後ろめたさを感じてはいるのだろう。熊吉だって不本意だ。再び相まみえることがあればまずぶん殴ってやろうと思っていたのに、怪我人であれば手を出せない。

ともあれこれで、聞きたいことはあらかた聞けた。もはや相手に合わせて、のんびり歩いている場合ではない。

先を急ごう。一刻も早く長吉の首根っこを押さえ、馬鹿野郎と怒鳴《どな》りつけてやるのだ。

「ならば私は、先に行きます。どうか慌てずに、後からゆっくり来てください」

「はぁ」

気が抜けたような母親の返事を聞いてから、熊吉は一気に歩を速める。三歩、四歩と進むうちに、ほとんど駆け足に近くなった。

この二人では、もとより脚の長さも違う。長吉の母親をぐんぐん引き離し、熊吉はあっという間に不忍池《しのばずのいけ》のほとりを駆け抜けていった。

# 五

下駒込村は、上野《うえの》の山の西に位置している。起伏に富んだ土地であり、長吉の生家のあたりがちょうど谷底になっていた。

この近辺は蛍沢《ほたるざわ》といい、蛍の名所にもなっている。季節柄日がすっかり落ちてしまえば、見事な光の洪水を拝めるのかもしれない。しかし明るさの残る今は、肥溜《こえだ》めのにおいが漂うもの寂しい農村でしかない。

目当ての椎の木の下には、あと数年で朽《く》ち果《は》てそうなあずま屋が一つ。去年よりさらに荒廃《こうはい》が進み、屋根の一部が抜け落ちている。筵を撥ね上げたその戸口に佇《たたず》み、熊吉は肩で息を繰り返していた。

室内は見回すほどの広さもない、四畳ほどの板敷きである。煮炊《にた》きは屋外でするらしく、竈《かまど》は外に設けられていた。

実に簡素な造りである。中が無人であることは、足を踏み入れてみずとも分かった。板間には寝床代わりの筵が敷かれ、血の痕《あと》なのだろうか、どす黒いシミができていた。

ようやっと、杖で歩けるようになったばかりと聞いていたのに。そこに寝ていたはずの長吉は、どこをほっつき歩いているのだろう。

顎《あご》にしたたる汗を袖口《そでぐち》で拭き、熊吉はチッと舌を打つ。目論見《もくろみ》が、外れてしまった。どのみち傷の残る体で、遠出などできぬはず。それなら中で待たせてもらったほうがよさそうだ。家の傍《そば》に熊吉が立っているのを見つけたら、長吉は身を隠してしまうかもしれない。

などと思案に暮れていたら、後ろからトントンと、膝裏《ひざうら》あたりを叩かれた。首を捻《ひね》って見下ろしてみると、四、五歳くらいの女の子である。絡まり合った散らし髪に、汚れた顔。これは長吉の、妹だ。

ちょうどいい。兄の行方を聞いてみよう。そう思い、身を屈《かが》めたときだった。

「兄ちゃん、いたよ。縞々《しましま》の人！」

女の子が唐突に、甲高《かんだか》い声を張り上げた。

しまった。熊吉が来ることは、見破られていたか。幼子を残して出かけた母親がなかなか帰ってこないものだから、行き先の見当くらいはつけていたのだろう。

不意を突いて捕まえてやろうと思っていたのに、逆に待ち伏せされていた。熊吉は咄嗟《とっさ》に身構えて、長吉の登場に備える。

「本当だ、縞々だ！」

しかし外で上がったのは、やはり幼い声だった。

意味を成さぬ掛け声と共に、女の子より少しばかり年長らしき男児が駆け寄ってくる。こちらもやはりざんばら髪、鼻の下が鼻水で光っている。

なんだ、こっちの兄ちゃんか。

長吉の、弟である。兄妹《きょうだい》だけあって、皆少しずつ顔が似ている。

「どうも、こんにちは」

持ち前の愛想のよさで、熊吉は二人ににっこりと微笑みかけた。警戒を解いて、こちらの質問に答えてもらうためである。

「長吉兄ちゃんならいないぜ！」

ところが男児に、先回りされてしまった。両手を腰の後ろに回し、得意げに胸を張る。

驚いたが、これならむしろ話が早い。

「へぇ、どこへ行ったんだ？」

「知らない」

「出てった。ここにゃもう来ないって」

問いかけると、兄妹は口々に答えた。

とたんに膝から、力が抜ける。どうやらひと足、遅かった。

母親の行き先を察した長吉は、待ち伏せよりも逃亡を選んだのだ。相手は怪我人だからと、油断した。不自由な体を押して、いったいどこに向かったというのだろう。

ちくしょう。せめて、身動きもままならねぇところに知らせてくれてりゃ。

それならば、ここまで来て取り逃がすこともなかったろうに。

かといって長吉の母親を責めても、なんにもならない。あの人だって生死の境を彷徨っている息子を引き渡すのは、さすがに良心が咎めたのだろう。傷が多少癒《い》えるまでは、匿《かくま》ってやりたかったのだ。

そういやあいつは、隠れ鬼が得意だと言ってたっけ。

それにしても、上手《うま》すぎる。熊吉はいつだって、後手に回ってばかりである。

立っていることができなくて、熊吉は膝を抱えてしゃがみ込む。子供たちの顔が近くなり、垢《あか》じみたにおいが鼻を打った。

「ねぇ、縞々の兄ちゃん！」

「縞々？　ああ、俵屋のお仕着せか」

藍《あい》染めの、格子《こうし》縞《じま》。この着物を着た男が訪ねてきたら、長吉兄ちゃんはもういないよと答えるよう、彼らは言い含められているのだろう。

「ほらこれ、からむし！」

男児が元気いっぱいに、後ろに回していた手を熊吉の鼻先に近づける。肉づきの悪い手には木切れが握られており、小さな枯《か》れ葉のようなものがその先端にくっついていた。

「なに言ってんだ、蓑虫だろ」

熊吉は半《なか》ば呆《あき》れて、枯れ葉のようなものの正体を言い当てる。

間違いが分かっているのかいないのか、男児は「うん！」と頷いた。

「長吉兄ちゃんが言ってた。縞々の兄ちゃんが来たら、このからむしを見せてやれって」

「だから、蓑虫だって」

あまりにも男児が自信に満ちているものだから、もしや農村ではそう呼ぶのかと疑ってしまう。だが熊吉が知っているのは、鬼の子という異名のみだった。

「そうか、長吉がこれを」

口元に、苦い笑みが広がってゆく。

さぁ、これでもう分かっただろうと、長吉が語りかけてくるようだ。

やってられねぇ。嫌な想像にかぎって、本当になりやがる。

問題となっている盗賊の頭の名は、蓑虫の辰。
ほんのひと月前まで長吉は、その一味だったようだ。

# 土用卵

一

柄杓《ひしやく》からほとばしる水がきらめいて、すっと地面に吸い込まれてゆく。強い日差しに炙《あぶ》られて、そこからじわじわと、蒸気が上がってくるようだ。そのせいでよけいに、湿気が増えてしまった気がする。

皐月《さつき》二十九日。今年は閏月《うるうづき》があったため季節が早く、昨日が土用《どよう》の入りだった。梅雨《つゆ》が明けたとたんお天道様《てんとさま》の勢いは凄《すさ》まじく、打ち水をしても追いつかぬほどである。それでも、しないよりはまし。こめかみから流れてくる汗を手の甲で拭《ぬぐ》い、お花《はな》は『ぜんや』の店先に水を撒《ま》いてゆく。

「おはよう、お花ちゃん」

団扇《うちわ》で首元を扇《あお》ぎながら、給仕のお勝《かつ》がやって来た。強い日差しを避《さ》けるべく、手拭いを姉さん被《かぶ》りにしている。

「暑いねぇ」と言いながら、お花の顔も扇いでくれた。耳元を撫《な》でてゆく風が、心地よい。

「暑いはずだ。もう土用干《ぼ》しの季節だもんねぇ」

店の前に出した縁台に目を遣《や》り、お勝がやれやれと首をすくめる。そこには平笊《ひらざる》が並べられ、梅の実が干されている。

「鰻《うなぎ》づくしの宴《うたげ》から、もう一年か。早いもんだ」

馴染《なじ》みの旦那《だんな》衆を集めて鰻づくしの宴を開いたのは、昨年の土用の丑《うし》の日である。

お勝の所感とは違い、お花にはずいぶん昔のことのように感じられた。

だってあのころは、額《ひたい》にできた面皰《にきび》一つでうじうじと悩めるほど平和だった。まさかほんの一年のうちに、死人が出かねぬ事態が巻き起こるとは思ってもみなかった。

しかもその下手人は、お花だったかもしれないのだ。

あの猛毒だという附子《ぶす》を、勧《すす》められるままに酒の甕《かめ》に入れていたらと思うと、今でも足に震えがくる。柳森稲荷《やなぎもりいなり》であれを渡してきた少年は、その後の調べで熊吉《くまきち》が探し求めていた元同輩の長吉《ちょうきち》だったらしいと分かった。

きっと俵屋《たわらや》を逆恨《さかうら》みしているのだろうと、熊吉は言う。人の病を癒《いや》すために蓄《たくわ》えた知識で、なぜ人を害そうと思えるのか。お花にはよく分からなくて、考えるたびに胸が苦しくなる。

あの日から旦那衆は、『ぜんや』に来ることがなくなった。事態を重く見たお妙《たえ》が、出入りを固く禁じたからである。

口に入る物を扱う居酒屋として、客の命を危うくすることなどあってはならない。だからこそお妙は、食べ物が持つ微量の毒にも詳しかった。それだけにこの度《たび》のことは骨身にこたえ、慎重《しんちょう》を期することにしたのだろう。

そのせいか近ごろの『ぜんや』には、どことなく勢いがない。江戸でも指折りの旦那衆には、やはり人を引きつける力があるのだろう。彼らが来なくなってからは、他の常連客の訪れも減ったように思える。

全部、私のせいだよね。

そもそもお花が得体の知れない物を不用意に受け取らなければ、こんな騒ぎにはならなかった。熊吉の友達だと言われただけでころっと信じてしまった、己の愚《おろ》かさが悔《く》やまれる。

悔しくて、唇《くちびる》をぎゅっと噛《か》み締めた。そんなお花にお勝が気づき、「大丈夫だよ」と背中を撫でてくれる。

「すぐになにもかも解決して、旦那衆だってまた通ってくるようになるさ。なにせあの柳井《やない》様が、血眼《ちまなこ》になって走り回ってくだすってるんだからね」

お花が聞いたところによると長吉は、怪我《けが》をして下駒込村《しもこまごめ》の生家に潜《ひそ》んでいたという。だが熊吉がそれと気づいて駆けつけたときには、すでに姿をくらましていた。

それ以来、彼の消息はぱたりと消えた。元吟味《ぎんみ》方与力《かたよりき》の柳井様は、七声《しちせい》の佐助《さすけ》の捜索に加え、長吉のことまで捜し回っているという。

このままなにごともなく、彼らが見つかってすべてが丸く収まるといいのだが。なぜだか妙に、胸が騒ぐ。近ごろは、あまりよく眠れていなかった。

「ほらほら、あんまり表に出ていたら、暑さにあたっちまうよ。中に入ろう」

そう言って、お勝がお花の肩を抱く。あまりの細さに、驚いたようだ。手のひらから動揺が伝わってきた。

お勝やお妙を、いたずらに心配させたくはない。

「うん、そうだね」と言って、お花はにっこりと笑ってみせた。


こんなに人に迷惑をかけてしまうなら、いっそ露《つゆ》と消えてしまいたい。

そんなふうに思い悩み、体調を崩したこともある。だが自分を責めたところで本当に消えることはできないし、お花が弱るとお妙が悲しむ。

それもまた、養《やしな》い親に迷惑をかけていることになる。熊吉に叱《しか》られて、これではいけないと思い直した。

だから食欲がなくても、出されたものは無理をしてでも食べている。そうすれば体は、どうにか動く。

梅雨が明けて間もない今は、それでなくとも忙しい。土用干しが必要なのは梅だけでなく、着物や書物も同様だ。梅雨のうちにたっぷりと吸い込んだ湿気を、陰干し《かげぼ》して飛ばしてやらねばならない。そういった雑用をきりきりとこなしていれば、少しばかりは気が紛《まぎ》れた。

「ああ、まいった。汗が止まらないよ」

お勝が被っていた手拭いを外し、首元をしきりに拭っている。店に入ったついでに戸を開けっ放しにしておいたが、風はそよとも吹き込まない。

「体がまだ暑さになれていないから、こたえるわね」

お妙がそう言って、床几《しょうぎ》の上に麦湯を置いてやる。いつもなら座るなり煙草盆《たばこぼん》を引き寄せるお勝だが、火種の入った火入れに顔を近づけるのが暑苦しいらしく、逡巡《しゅんじゅん》した末に諦《あきら》めた。

「お花ちゃんも、ありがとう。お腹空《なかす》いたでしょう」

聞かれてお花は「うん」と答える。本当はそれほどでもないのだが、そろそろ昼どきなのだった。

「『春告堂《しゅんこくどう》』におえんさんとおかやちゃんがいるから、一緒に食べるといいわ。これだけ暑いと、お客の入りはあまりよくなさそうだからね」

お妙の言うとおり表通りには、人の姿がまばらだった。昼のうちは皆できるかぎり、外出を控《ひか》えているのだろう。

もっとも只次郎《ただじろう》は、商《あきな》い指南に呼ばれて留守《るす》である。

俵屋の偽声騒ぎがあってからは、用心のため相談者から出向いてもらうようにしていたが、先方の店構えなどは実際に見てみないと分からない。そんなときは、裏店《うらだな》に住むおえんに留守番をしてもらうことになっていた。

「うん、分かった。じゃあお菜《さい》を運ぶね」

本日の『ぜんや』の献立《こんだて》は、すでに万端整っている。お花は自ら調理場に入り、できたてのお菜を皿や小鉢に盛りつけた。

二

『春告堂』の一階は、『ぜんや』のように土間が広く取られていない。

畳《たたみ》にするとせいぜい二畳分。その先は座敷になっており、台所はさらにその奥だ。

間の襖《ふすま》を閉めれば座敷は四畳と八畳に分かれるのだが、暑気がこもらぬよう開けっ放しになっている。

そのど真ん中で、おえんとおかやは煮すぎた餅《もち》のようにだらりと寝そべっていた。

「お、やった。飯だ」

お花が入ってきたのに気づき、おえんが肘《ひじ》をついて身を起こす。

『春告堂』の留守番は、賄《まかな》いつきである。なにをするでもなくぼんやりしているだけで『ぜんや』の飯が食べられるとあって、おえんは「只さん、もっと出かけてくれないかねぇ」などと言って楽しみにしている。

お花が折敷《おしき》を座敷に置くと、おえんもおかやも這《は》いずるようにして集まってきた。日差しが防げるとはいえ室内も蒸し暑く、機敏《きびん》に動く気にはなれないようである。

そんな二人も料理を上から覗《のぞ》き込み、「うわぁ」と顔を輝かせた。

「なにこれ、卵？」

おかやがさっそく、小鉢を指差して尋《たず》ねる。

「うん、そう。卵なます。茹《ゆ》で卵の黄身を煎酒《いりざけ》で延ばして、刻《きざ》んだ白身と錦糸卵を和《あ》えたもの」

「卵を卵で和えてるの？」

「大根おろしもちょっぴり入ってるよ」

あとは茄子《なす》と胡瓜《きゆうり》のさっと漬け、南瓜《かぼちゃ》煮、泥鰌《どじょう》と隠元豆《いんげんまめ》の天麩羅《てんぷら》である。

箸《はし》を配り食膳を整えていたら、開け放しておいた入り口からお勝が入ってきた。

「はい、飯と汁だよ」

「ありがとう、お勝さん」

「いいってことよ。ゆっくり食べな」

土鍋《どなべ》で炊《た》き上げたばかりの飯に、蜆《しじみ》の潮汁《うしおじる》。すべて膝元《ひざもと》に並べ終えると、おえんが大喜びで手を叩《たた》いた。

「土用卵に土用蜆かい。さすがお妙さんだね」


卵も蜆も、もともと滋養に富む食べ物として広く知られている。中でも夏土用に産み落とされた卵はよりいっそう滋味深く、蜆は夏と冬が旬《しゅん》である。暑さに負けぬ体を作るため、土用鰻の風習が広まるよりずっと前から夏の盛りに食べられてきたのだ。

「土用蜆は腹薬ってね、昔っから言われてることさ」

蜆の潮汁を啜《すす》りながら、おえんがおかやに教え聞かせる。

たとえそんな知識はなかろうとも、お妙が作った潮汁は滋養そのものの味がする。味つけは酒と塩と醤油《しょうゆ》をほんのぽっちり。あとはたっぷりの蜆から滲《にじ》み出た旨《うま》みである。産卵期を控えて肥《こ》え太った身も、出汁《だし》が出た後とはいえ歯応《はごた》えがあった。

おかやは母親の話を、聞いているのかいないのか。目の前の料理に夢中で、生返事を返している。まず真っ先に、気になっていた卵なますに箸をつけた。

「あっ、これちょっと酸っぱい」

「煎酒が入ってるからね」

酒に鰹節《かつおぶし》と梅干しを入れ、煮詰めて漉《こ》したものが煎酒だ。梅干しの酸味が、後からじわりと効《き》いてくる。

「もしかして、山葵《わさび》も入ってる？」

「ほんの少しね。苦手だった？」

山葵の鼻につんとくる風味は、お花も少し苦手だった。それがいつの間にか、気にならなくなっている。おかやが鼻を押さえているのを見て、平気な自分に驚いた。

「大丈夫。ちょっと不意を突かれただけ」

食い意地が張っているおかやは、好き嫌いもしない。升川屋《ますかわや》の餅搗《つ》きの際にも、知らずに辛い大根おろしを使ったからみ餅にしてしまったが、人に押しつけたりせずに、

「辛い、辛い」と言いつつ平らげた。そういうところは、偉いと思う。

たっぷりの飯を頬張《ほおば》ると、口の中も落ち着いたようだ。顎《あご》に飯粒をつけて、おかやはにっこりと笑った。

「うん、これご飯にも合う。黄身がとろっと絡んで、美味《おい》しいね」

おえんもおかやも、暑さ負けして食い気が失《う》せるということはなさそうだ。我先にと、どんどん箸を伸ばしてゆく。

泥鰌にも鰻に負けぬほどの滋養が詰まっており、茄子と胡瓜は体の熱を取ってくれる。南瓜にだって、夏の疲れを癒してくれる効果がある。

料理だけでなく、お妙からは食べ物に備わるそういった力についても教わっている。食べる人の体を第一に考えて作られているからこそ、食の細くなったお花でも、お妙の料理ならどうにか食べることができるのだろう。

「そういや近ごろ、日本橋《にほんばし》の旦那たちを見ないね。どうかしたのかい？」

気持ちがいいくらいの食欲を見せつつ、おえんがふと思いついたように尋ねてくる。

この二人は昨年の暮れから立て続けに起こっている不穏《ふおん》なことを、なにも知らされてはいない。人に言いふらすつもりがなくとも、おえんならきっと不注意で口を滑《すべ》らせてしまう。俵屋の評判に関《かか》わることでもあり、あまり大っぴらにされては困ると、秘密にされているのである。

事情を知らぬ者といると、考えごとをしているだけでいちいち顔色を窺《うかが》われたりはしないから、気楽ではある。だがこんなふうに、真正面からなにがあったのかと聞かれると困る。

「さぁ、忙しいんじゃないかな」

だからお花はそう言って、首を傾《かし》げてみせた。

旦那衆の事情など、小娘に分からなくてあたりまえ。ここは知らぬふりをするのが一番だった。

「それぞれ違う商いをしてるのに、一斉に忙しくなるなんてことがあるもんかね」

おえんは腑《ふ》に落ちない様子だが、お花にはそりゃあ分かるまいと諦めたようだ。おそらくお妙も後で聞かれるに違いないが、うまくごまかしてくれるだろう。

「ええっ、じゃあ千寿《せんじゅ》さんも当分来ないの？」

口元に米粒をつけたまま、おかやが愕然《がくぜん》と目を見開く。

「升川屋さんは忙しくても、お志乃《しの》さんはのんびりしてるんでしょう。千寿さんやお百《もも》ちゃんと一緒に、『ぜんや』に呼べばいいじゃない」

件《くだん》の餅搗きのあとに、お志乃はお百にも早くお妙の飯を食べさせたいと言っていた。

そのことを、おかやはちゃんと覚えていたようだ。

「ね、お願い！」と、手も握らんばかりに懇願《こんがん》してくる。

なによ、人の気も知らないで。

以前ならそんなふうに、押しの強いおかやに苛立《いらだ》っていたかもしれない。だが彼女らに、なにも知らせていないのはこっちのほうだ。おかやはただ無邪気《むじゃき》なだけで、責められる謂《い》われはなにもない。

「そうだね、そのうちね」

「そのうちって、いつ！」

「お妙さんに、聞いてみるね」

こうして話をはぐらかす術《すべ》を、いつの間に覚えてしまったのだろう。お花はにっこりと、おかやに向かって微笑《ほほえ》みかけた。

土鍋からお代わりの飯をよそい、おえんがまじまじと、顔を覗き込んでくる。

「なんかアンタ、急にお妙さんに似てきたね」

「えっ！」

驚いて、思わず左手で頬を押さえた。おえんがすかさず「いや、面差《おもざ》しじゃないよ」と、失礼なことを言う。

もちろんお花だって、あんな美の権化《ごんげ》みたいな人に似ているとは思っていないのだが。ほんの少しだけ、胸の中がもやもやした。

「アンタしばらく、体の調子を崩してただろ。そのせいで、儚《はかな》げに見えるのかねぇ」

口火を切ったおえんにも、どこがどう似ているとは言えないようだ。「うーん」と首を捻《ひね》ってから、「まぁいいや」と割り切った。

「とにかくアンタは、もっと食べな。面やつれしちまって、元気がないよ。十五やそこらの小娘がお妙さんの域を目指そうなんて、まだまだ早いんだからね」

そう言うと手本を示すかのように、山盛りにした飯を威勢よく掻《か》き込む。清々《すがすが》しいまでの食べっぷりである。

おえんに続いてしゃもじを手に取ったおかやが、はたと動きを止めて上目遣いにじっと見てくる。痩《や》せたお花の顔と土鍋を見比べてから、意を決したようにぎゅっと目を瞑《つむ》った。

「はい」と、しゃもじの柄をこちらに向けて差し出してくる。

土鍋の中の飯は、軽く一杯分くらいしか残っていない。食べたい気持ちをぐっとこらえて、お花に譲《ゆず》るつもりなのだ。

どこもかしこも柔らかそうなおかやは、しゃもじを握る手まで大福餅のようにまん丸で愛らしい。その手が小刻みに震えているものだから、自然と笑みが浮かんでしまう。

「私はもう、お腹いっぱい。おかやちゃんが食べて」

そう言ってやるとおかやはたちまち、大きな向日葵《ひまわり》が咲いたように顔をほころばせた。

三

昼餉《ひるげ》を食べ終えると、おかやは家でじっとしていることに厭《あ》いたのか、外に遊びに行ってしまった。

「子供ってのは、元気だねぇ」

と、おえんでなくとも感心してしまう。よくもこんな炎天下で、走り回ることができるものだ。

けれどもおかやと同じ年頃《としごろ》の子たちは皆、暑さをものともせずに外で遊んでいる。そう感じるお花のほうが、もはや子供ではなくなってしまったのだろう。

さて自分もそろそろ、『ぜんや』に戻らなければ。

食べ終えた皿を重ね、持ち運びやすくしてから立とうとする。だがその前に、おえんに「あ、ちょっと」と呼び止められた。

「アタシも、厠《かわや》に行ってきていいかい？」

重たそうに下腹をさすりながら、尋ねてくる。なら仕方ないと、お花は重ねた皿を脇《わき》に寄せた。

「それじゃあ、おえんさんが戻ってくるまで待ってる」

「悪いね」

片手拝《おが》みをし、おえんは表戸を閉めてゆく。高らかな下駄の音が、次第《しだい》に遠のいていった。

この隙《すき》に、二階の鶯《うぐいす》の様子でも見てこよう。

値千金のハリオになにかあってはいけないからと、おえんはおかやを決して二階には上がらせない。自らも窓の開け閉めなどはしに行くが、鶯にはなるべく触れないようにしていた。

だがこの季節、餌《えさ》の食べ残しがあればすぐに腐る。鶯たちが腹を壊さないように、心得のある者が気をつけてやらねばならなかった。

二階は二間続きの部屋だ。襖も窓も開けられており、下よりはいくらか風が通る。

野良猫が入り込まないよう用心しなければならないが、日中は窓を開けておかないと、鶯たちが蒸されてしまう。

暑くなってハリオがあまり鳴かないため、預かりの鶯はすべて飼い主の元に返された。今年はもうこのまま、ハリオは囀《さえず》りをやめてしまうかもしれない。

だから今二階にいるのは、ハリオの他にサンゴとコハクの姉妹、それとお花が拾った卵から孵《かえ》った雛《ひな》のみである。

いいや、もう雛とは呼べないか。藪鶯《やぶうぐいす》ならばとうに巣立ちを済ませているはずだ。ゆえに卵を抱いて温めてくれた育ての親のサンゴから離し、一羽で一つの鳥籠《とりかご》を使っている。

雄《おす》か雌《めす》かは、まだ分からない。只次郎は「脚が長いから雄だろう」と言っているが、過去に間違えたことがあるそうだから信用ならない。名前はお花の好きに決めていいというので、ヒスイとした。

只次郎には宝玉の名を踏襲《とうしゅう》しなくていいと言われたが、拾い子だけ別の名では可哀《かわい》想《そう》だ。ヒスイとしたほうが、ハリオたちと家族のようでいいと思った。

赤裸の雛だったのが嘘《うそ》のように、羽毛がふわふわとしたヒスイはたいそう愛らしい。鳥籠を覗いてみると餌の食べ残しがあったので、餌《え》猪口《ちょこ》を引いてやった。

新しい餌を、作っといたほうがいいかな。

ヒスイはまだまだ育ち盛り。只次郎がいつごろ帰ってくるか知らないが、それまで食べるものがないと腹を空かしてしまう。

どうしたものかと悩んでいたら、表の戸が開く音がした。

てっきりおえんが戻ってきたものと思ったが、聞こえてきたのは男の声だ。

「あれ、おえんさんはいないのかな」

只次郎である。商い指南を終えて、早々に帰ってきたのだろう。

お帰りなさいと出迎えようとして、階段に一歩踏み出す。だがすぐに別の声がして、お花ははたと足を止めた。

「おい、話を逸《そ》らすんじゃねぇよ。お花ちゃんにとっても大事なことだろう」

少し嗄《しわが》れたその声は、元吟味方与力の柳井様だ。

なに、私のこと？

びっくりして、つい聞き耳を立ててしまう。

「あの子の鼻のよさは並外れてる。ぜひ捜索に、力を貸してもらいてぇんだ」

「力を貸すったって、なにをするんですか。犬みたいにそこらへんを嗅《か》ぎ回れというんですか」

「少しでも手がかりがほしいんだよ」

「お断りです！」

よく分からないが、どうやら二人はお花のことで揉《も》めている。

鼻のよさが買われているなら、べつに力を貸すくらいはいいのに。様子を窺いながらゆっくりと、お花は階段を下りてゆく。

「でもあの子は身に染みついた材木のにおいだけで、七声の野郎とお槇《まき》と長吉の繋《つな》がりを見抜いたんだぞ。そもそもなんで、お槇が蓑虫《みのむし》の辰《たつ》の一味らしいと教えてやらねえんだ！」

お槇の名が出たとたん、心の臓がどくりと跳ね上がった。

七声の佐助と附子を渡してきた少年、それからお槇。お花はずっと、その三人は繋がっているはずだと言い張ってきた。だって、身に纏《まと》うにおいがまったく同じだったから。

それをこじつけすぎだと言って、取り合わなかったのは大人たちではなかったか。

お花が聞かされていたのは、附子の少年が長吉だったということだけだ。

いったいなにがあって、柳井様は己の考えを曲げたのだろう。きっと、重要な手がかりが見つかったに違いない。

しばし目の前が、白くなった。ハッと我に返ったのは、只次郎の怒声が耳を打ったからだ。

「言えるわけがないでしょう。あの子にこれ以上、心労を負《お》わさないでください」

「気持ちは分かるが、ちょっと甘くねぇか。お花ちゃんももう十五だ。いつまでも子供じゃねぇぞ」

「そんなことはね、あの子の愛想笑いを見てから言ってくださいよ。前はあんなふうに、相手の顔色を見て笑う子じゃなかった。どれだけ辛《つら》い思いをしてるんだろうと思うと、こっちがいたたまれないんですよ」

二人の言い合いを聞きながら、お花は己の頬を揉んだ。

周りに心配をかけまいと思って笑っていたけど、そうか、ばれていたのか。しょせんは小娘の浅知恵だったというわけだ。

「それでも、おっ母《か》さんのことなんだぞ」

「違います。あの子のおっ母さんはもう、お妙さんです！」

庇《かば》ってくれる只次郎には申し訳ないが、これは柳井様が正しい。どれだけ傷ついたとしても、お花は本当のことが知りたかった。すでに巻き込まれているのだから、自分だけ蚊帳《かや》の外でぼんやりしているほうが嫌だ。

みしりみしりと音を立て、階段の残りを下りてゆく。草履《ぞうり》を脱《ぬ》ぎもせず土間に立ったまま言い合いをしていた二人が、ぎょっとして振り返った。

気まずい視線が絡み合う。お花はもちろん只次郎や柳井様までが、第一声にまずなにを言えばいいのか分からないみたいだった。

しばらく沈黙していると、カラコロと下駄の音が近づいてくる。閉められていた引き戸ががらりと開いて、おえんが勢いよく入ってきた。

「お花ちゃん、お待たせ。って、びっくりした。なにこんな所に突っ立ってんだよ」

狭い土間を塞《ふさ》ぐなと、ぶつぶつ文句をつけている。

だがさしものおえんも、三人の間に流れる不穏な気配に気づいたようだ。

「え、なに。どうかしたの？」

言葉をなくしている只次郎と柳井様を見比べて、助けを求めるかのようにお花に問いかけてきた。

只次郎が珍《めずら》しく憮然《ぶぜん》として、文机《ふづくえ》に頬杖《ほおづえ》をついている。

場所を変えて、『ぜんや』の二階の内所である。『春告堂』はもうしばらくおえんに見ておいてもらうことにして、こちらに移ってきた。親子でゆっくり話がしたいからと言って、柳井様のことは只次郎が追い払うようにして帰してしまった。

客が少ないのをいいことにお勝に店を任せて、お妙までもが傍《そば》にいた。それぞれが手を伸ばしても届かない距離を保ち、三角を形作って座っている。

今さら隠しだてしてもしょうがないからと、お妙の口からすべてを聞かされた。熊吉が突き止めたのは、長吉が附子の少年だという事実だけではなかった。

「これはね、推量にすぎないのよ」慎重なお妙は、そう言った。

長吉の母の密告により熊吉がその生家に駆けつけたとき、肝心《かんじん》の長吉はすでに姿を消していた。だが彼は幼い弟に、熊吉が来たら見せてやるようにと、枝にくっついた蓑虫を託していったという。

生家にまで追ってきた熊吉に、長吉は言ってやりたかったのだろう。そうだよ、ぜんぶ俺《おれ》の仕業《しわざ》だよ。蓑虫の辰の仲間になって、俵屋を襲わせたのも俺だよと。

「その先は本当に、なぞなぞのような話なのよ。長吉さんはどうやら、大怪我をして逃げてきたらしいの。それはなにか大きなしくじりをして、仲間から袋叩きにされた傷だったのかもしれない。長吉さんが独断で、あなたに附子を渡してしまったから──」

蓑虫の辰にしてみれば、旦那衆の誰《だれ》かを毒殺したところで一文の得にもなりはしない。それでも長吉は俵屋への私怨《しえん》を晴らしたくて、お花に附子を託したのではないか。その身勝手を責められて、殴《なぐ》る蹴《け》るの暴行を受けたのだとすれば、大怪我を負っていた説明がつく。

「その附子の少年は、お槙さんの身内のように振舞っていたわけでしょう。それが長吉さんだとするならば、つまりお槙さんも蓑虫の辰の一味なんじゃないかと言われているの。はっきりそうと決まったわけじゃないのよ」

お花の気持ちを慮《おもんぱか》ってか、お妙は歯に物が挟まっているようなもの言いをした。

「お槙」という名を出すときは、特に声が硬《かた》くなった。

しかしお花は秘されていた事情を知らされても、べつに驚きはしなかった。大人たちはいっこうに信じてくれなかったけど、お花はずっと言い続けてきたのだ。七声の佐助と附子の少年とお槙は、必ず繋がっているはずだと。

驚きよりむしろ、「やっぱり」という思いが強かった。すっかり心を入れ替えたと涙ながらに訴えていたけれど、お槙は変わらず、お槙のままだったのだ。

人はそう簡単に、変われやしないか。

口元に、冷笑が浮かぶのを止められない。だが一つだけ、聞いておきたいことがあった。

「おっ母さんが、盗賊の一味だったとして。私に近づいてきたのは、なんのため？」

お花よりも、問われたお妙のほうが苦しそうに顔をしかめた。けれどもこれは、当然の疑問だ。

本当は、お花に聞かせたくないのだろう。お妙は声を絞《しぼ》り出すようにしてこう言った。

「お花ちゃんは立場上、菱屋《ひしや》のご隠居の孫だから。菱屋さんの内情を、探りたかったんじゃないかしら」

目の前が、ぐらりと揺れたような気がした。

母親らしいことをなにもしてやれなくて後悔《こうかい》していると、許しを請《こ》うてきたお槙の顔が頭に浮かぶ。悔いる気持ちなどこれっぽっちもなかったくせに、よくもあんな哀《あわ》れっぽい声が出せたものだ。

今さらなにを、期待していたのだろう。お花はお槙に、愛されてなんかいない。そんなことは、ずっと昔に分かっていたはずなのに。

「はは、は」と、乾いた笑い声しか出てこない。自分自身に対して、心底呆《あき》れ返っていた。

「黙っていて、ごめんなさい。勝手な判断だったとは思うけど、お花ちゃんの耳には入れたくなかったの」

よく分かっている。それがお妙と只次郎の真心だ。お花を不必要に傷つけまいと、二人で話し合った結果なのだろう。

お花は小さく微笑んで、「いいの」と頭を振った。

お槇に傷つけられるのは、なにもこれが初めてではない。むしろあの猫撫で声のわけが分かって、すっきりしたくらいだ。あの人はこの先も、きっと改心などしない。

「それよりも、柳井様が言ってたでしょう。私の鼻が、役に立つかもって」

深く息をついてから、質問を変える。しかめっ面《つら》で頬杖をついていた只次郎が、弾《はじ》かれたように顔を上げた。

「いいんだよ。お花ちゃんは、そんなことをしなくたって」

「だけど、なにか役に立てるなら」

「あの人も、行き詰まってるだけなんだ。今すぐなにがあるってわけでもないんだよ。ただこの先、力を貸してもらうこともあるかもしれないというだけで」

「そうなの。じゃあ、そのときは教えて」

この鼻がどういう場面で役に立つか分からないが、必要とされるならできるかぎりのことをしたい。

「でも、大丈夫？」と、問いかけてきたのはお妙だ。お花は「うん」と頷《うなず》いた。

「だって、賊は捕まえなきゃいけないでしょう？」

「そうだけど――」

賊が捕まるときは、すなわちお槙が捕まるときだ。実の母をお縄にかける手助けを、お花がすることになる。お妙が歯切れ悪くなるのも無理はない。

「いいんだってば、お花ちゃん。そんなことは、大人に任せておきなさい」

苛立ちを抑えきれず、只次郎が文机を平手で叩いた。大きな音に、びくりと肩が震えてしまう。

「ああ、ごめん」

あくまでも、お花を関わらせたくはないようだ。自責の念を眉間《みけん》に刻み、只次郎はこめかみを揉んでいる。

べつに、構わないのに。お槙とお花の間には、絆《きずな》などない。元から愛されていないのだから、これ以上傷つくこともない。

どこかが麻痺《まひ》した頭で、お花はそんなふうに考える。だが只次郎やお妙を悲しませてしまいそうだから、決して口にはしなかった。

「やめよう。お花ちゃんの助けが必要な場面なんて、巡《めぐ》ってこないかもしれないんだから」

そう言って、只次郎は疲れたように首を振る。起こってもいないことで悩むのは、たしかに不毛に違いなかった。

「ねぇ、天麩羅の注文が入ったよ」

折よく階下から、お勝の呼ぶ声がする。

「はぁい、ただ今」と、お妙が応じる。お花に心を残しつつも、行かぬわけにはいかないと立ち上がる。

さっきよりも雲が出てきて、日差しはいくぶん和《やわ》らいだようだ。これから少し、客が増えるかもしれない。

いつまでも、油を売っていられない。店に下りていったお妙に続こうと、お花も腰を上げかける。

「ああ。待って、お花ちゃん」

只次郎に呼び止められて、まだなにかあるのかと振り返る。

「もしよかったら、明日は菱屋のご隠居に会いにいかないかい？」

という、お誘いだった。

# 四

ねっとりと擂《す》り下ろした山芋《やまいも》を、箸でひと摘《つ》まみ。短冊に切った海苔《のり》の上にのせて巻き、胡麻《ごま》油で揚《あ》げてゆく。

味つけは、塩をぱらりと振りかけるだけ。素朴《そぼく》だが滋味の深い、山芋の磯辺《いそべ》揚げの出来上がりである。

「この油で、鮎《あゆ》も揚げてしまいましょう」

お妙に促され、小麦粉をまぶした小鮎も油に放ってゆく。

この大きさなら、揚げてしまえば骨ごと食べられそうだ。揚がった端からどんどん三杯酢に浸《つ》けてゆき、刻んだ茗荷《みょうが》と赤唐辛子も加える。小鮎の南蛮《なんばん》漬けである。

「山芋は胃腸を整えて、暑さ負けを防いでくれるわ。南蛮漬けのお酢もそう。それだけじゃなく、食べ物を腐りづらくしてくれるのよ」

お妙の講釈を聞きながら、共に料理を作り上げてゆく。

他には昨日と同じく卵なます、それから白瓜《しろうり》と生節《なまりぶし》の和え物。炊きたての新生姜《しょうが》飯は、「熱い熱い」と言いながら三角に結ぶ。

粗熱《あらねつ》をしっかり取ってから、それらを彩《いろど》りよくお重に詰めていった。

「お、できましたか」

『春告堂』の留守をおえんに任せてから、只次郎がやって来た。お重を風呂敷に包み、お花は「うん」と頷く。

これから菱屋のご隠居に、お妙の料理を届けに行くのだ。

なんでも昨日ご機嫌伺《きげんうかが》いに寄ってみたら、ご隠居はあまり元気がなかったそうだ。お妙の料理を、もうふた月も食べていない。恋しくてたまらないから、なんとかしてくれと言う。そこで只次郎が、「お任せください」と請け合ったわけである。

菱屋では、ちょうど庭池の蓮《はす》が見ごろらしい。他出もままならぬ折ではあるし、ではそれを見ながら一緒に食べようという話になった。

蓮の花は朝五つ半（午前九時）ごろに満開になり、昼過ぎには萎《しぼ》んでしまうという。満開の刻限までは、あと半刻《はんとき》（一時間）ほどだ。

「よし、行こう」

お花が運ぶつもりだった風呂敷包みを、只次郎が横から取り上げる。その代わりに、番傘《ばんがさ》の柄を握らされた。

「暑いから、差して行くといい」

傘は雨だけでなく、日除《ひよ》けのためにも用いられる。外に出てみるとお天道様は、今日も道行く人を干上がらせたいのかと思うほどに苛烈《かれつ》だった。

傘を差すとちょうど一人分の日蔭《ひかげ》ができ、日差しに目を射られることもない。たしかに楽だが、只次郎はやはり子に甘い。自分は月代《さかやき》を焼かれながら、先に立って歩きだす。

「行ってらっしゃいまし。気をつけてね」

お妙が表に出て、見送ってくれた。

菱屋があるのは、大伝馬町《おおでんまちょう》一丁目。神田花房町代地《かんだはなぶさちょうだいち》からは、さほどの道のりでもない。

神田川を越えて日本橋を目指してゆくうちに、だんだん人通りも増えてきた。この暑い中をよくもまぁと感心するほど、商家の手代《てだい》や大八車を押す人足、振り売りに屋台と賑《にぎ》やかだ。

買い物客には日差しを嫌い、お花と同じく傘を差す者もちらほらといた。

菱屋さんの庭にも、池があるのね。

只次郎の後について歩きながら、優雅なものだなと思う。餅搗きの際に訪れた升川屋の庭にも、回遊式の立派な池が作られていた。

住む世界が、違うんだよね。

と、つくづく感じる。そんなお花に、菱屋の内情など分かるはずがない。お槙も無駄なことをしたものだと、口元に苦い笑みが浮かぶ。お花から、なにを探り出せると思ったのだろう。菱屋の間取りか、奉公人の数か、それとも大まかな身代《しんだい》か。

そんなもの、知るはずないのに。ご隠居はいつも『ぜんや』に来るから、菱屋を訪ねるのもこれがはじめてだ。

私なんかがご隠居の、本当の孫になれるはずないじゃない。

愛せもしない娘のことを、お槙は買い被りすぎている。しょせんお花は、実の母にも捨てられた子だ。優しい人たちの情けに助けられ、人並みの暮らしができているだけなのだ。

うつむき加減に歩いていたら、ちんまりとした黒い塊《かたまり》が目に入った。誰かが落としたらしい飴《あめ》に、蟻《あり》が群がっているのだ。あんな小さな虫でも甘い物のある場所が分かるのにと思うと、なんだか可笑《おか》しかった。

「あの、ちょいとすみません」

只次郎が見知らぬ男に呼び止められたのは、本町《ほんちよう》三丁目の角を入ってすぐのところだった。職人風の風体だが、言葉の響きに微《かす》かな訛《なまり》がある。まだ江戸に出て間もないのか、道に迷っているようだ。

聞き覚えのある通りの名が出たようで、只次郎が「ああ、それなら」と、道の脇に寄って説明しだす。身振り手振りを交えても、職人風の男はこのあたりに明るくないのだろう。

「ええっと、ここをまっすぐ行って、橋を渡って右？」

「違う違う、橋の手前を右！」

といった調子で、要領を得ない。

これはまだしばらくかかりそうだ。お花は只次郎から少し離れ、人の往来《おうらい》をぼんやりと眺《なが》める。旨《うま》そうな大福や、変わった格好をした物売り、愛らしい町娘に至るまで、すべてがまるで絵のようだ。靄《もや》がかかっているみたいに、己の心の在《あ》り処《か》が摑《つか》めなくなっていた。

「あれ、お花じゃねぇか」

ふいに名を呼ばれ、息を呑《の》んで顔を上げる。

「こんなところでなにやってんだよ」

そう問うてくるのは、熊吉の声だ。どこにいるのかと、お花はきょろきょろと周りを見回した。

「こっちだ、こっち」

裏路地から手が出て、ひらひらと揺れる。このあたりは、俵屋がある本石町《ほんごくちょう》からほど近い。でもそんな狭い道で、いったいなにをしているのだろう。

「どうしたの、熊ちゃん」

傘を差したままでは入れないから畳んで手に持ち、ひょっこりと路地に顔を覗かせる。そのとたん、後ろから力任せに背を押された。

「わっ」

前のめりになりつつも、たたらを踏《ふ》んでどうにか堪《こら》える。驚いて見上げたその先に、蟷螂《かまきり》に似た男の顔があった。

しまった！

と、悟《さと》ったときにはもう遅い。背後から手が伸びて、ぎりぎりと猿轡《さるぐつわ》を噛まされる。その拍子《ひょうし》に、手からするりと傘が落ちた。

「急げ！」

ざらりとした声が耳元を撫で、うなじが粟立《あわだ》つ。蟷螂顔の男が広げたのは、藁筵《わらむしろ》を繋げた袋だ。

次の瞬間お花は頭から足の先まで、すっぽりと闇《やみ》に包まれた。

五

息を吸うとほんのわずかに、真新しい材木の香りが混じっている。

それはあるかなきかのあやふやなもので、すぐさま強い酒のにおいに掻き消された。

食べ物のにおいと、垢《あか》じみた肌のにおい、それから白粉《おしろい》。次々と、鼻が周りの状況を捉《とら》えてゆく。食器の触れ合う音がして、誰かが近くで飲み食いをしているようだ。

「まったく俺も、落ちぶれたもんだ。まさか勾引《かどわ》かしに手を染めることになるとはな」

やすりのような、ざらりとした声。耳にしただけで、鳥肌が立つ。

「しょうがねぇよ、お頭。江戸を引き払うにしたって、金がいるんだ。せっかく集めた仲間も、しがらみがねぇのからどっかに消えちまった」

「まったく、ひでぇ味噌《みそ》がついたもんだ。金が入ったら、次は上方《かみがた》にでも行くか」

「いいねぇ。アタシ、京を見てみたいよ」

媚《こ》びるような女の声に、お花はハッと目を開けた。

床《とこ》の間のある、立派な座敷だ。その片隅《かたすみ》に、お花は無造作に転がされていた。室内は薄暗く、書院の明かり障子《しょうじ》も光を通さない。外はすでに、暮れかけているのだろう。

じっと目を凝《こ》らしてみれば、人影は四つ。床を背にして座っているのが、お頭と呼ばれた男だ。それにしなだれかかるようにしている、女の影が口をきく。

「お前さんは、上方の出だろう。昔のお仲間はいないのかい？」

間違いようもない。これは、お槇の声だ。

「よせやい」と応じるお頭の声にも、聞き覚えがあった。頭から袋を被せられる直前に、「急げ！」と促したのと同じだった。

「俺ぁお前らと組む前は、ずっと独《ひと》り働きだ。いや、初仕事のときだけは違ったか。寄せ集めの、ケチな仕事だったな」

ずずずと、酒を啜る音が響く。

お頭の向かいで片膝立てて座る影が、口を開いた。

「長吉は、おっ死《ち》んだかな」

「さぁね。あの怪我で自ら川に飛び込んだんだ。生きてはないと思うけどね」

「うるせぇ、あの餓鬼《がき》の話はよせ。耄碌爺《もうろくじじい》にそそのかされやがってよ」

だんだん頭がはっきりしてきた。只次郎と共に菱屋へ向かう道中で、何者かに勾引かされたのだ。

袋に入れて担《かつ》がれて、それでも身をよじって暴れていたら、「大人しくしろ！」と殴られた。拳《こぶし》がこめかみに当たって頭が揺れて、その後のことは分からない。

もう一つの影は、言葉を交《か》わす三人から少し離れて座っていた。じっと黙って、静かに酒を飲んでいる。お花のことは、誰も注意して見ていなかった。

おそらくここは、柳井様が血眼になって探していた賊の塒《ねぐら》なのだろう。こんなところに囚《とら》われていては、なにをされるか分かったものじゃない。

そう思うのに、体の自由が利《き》かなかった。猿轡はそのままで、手足もどうやら縛られている。無理に動こうとすると、皮膚《ひふ》が擦《こす》れて痛みが走った。

「お、起きたんじゃねぇか？」

片膝を立てていた男が、こちらに気づいて振り返る。ひやりとして、お花の胸元を冷たい汗が流れていった。

「いつの間にかずいぶん暗いな。明かりをつけてくれ」

お頭にそう言われて動いたのは、喋《しゃべ》らずにじっと座っていた男だった。

煙草盆から、行灯《あんどん》に火が移される。急に周りが明るくなって、お花はぎゅっと目を瞑った。

瞼越《まぶた》しに行灯の明るさに慣れてから、そっと目を開く。

眩《まぶ》しかったはずだ。行灯は、お花のすぐ傍に置かれていた。

傍《かたわ》らに立つ男を見上げ、「あっ」と声が出そうになる。実際には猿轡が邪魔をして、無様な唸《うな》り声しか出なかった。

『ぜんや』の客でもあった、蟷螂顔の男。すなわち七声の佐助である。

「どれどれ、ちょいとお顔を拝見」

舌なめずりするようにそう言って、片膝を立てていた男も近づいてくる。その風体が明らかになったとたん、お花の口からまた唸り声が洩《も》れた。

この人さっき、只次郎さんに道を尋ねてた――。

なんということ。只次郎を足止めして、その隙にお花を攫《さら》う。彼らはつまり、ぐるだったのだ。

「なんだよこりゃ、ずいぶん貧相な餓鬼だな。年頃の娘じゃなかったのかよ」

お花の顎を捉えて矯《た》めつ眇《すが》めつしてから、男は腹立たしげに手を放す。それからまるでおぞましいものにでも触れたように、股引《ももひき》で指先を拭った。

「おい姉さん、アンタの娘いくつだよ」

もう一つの行灯にも火が入り、お頭の周りの景色がぼんやりと浮かび上がってくる。お槇はしなを作り、どっしりとした堅肥《かたぶと》りの男に酒を注《つ》いでやっていた。

柳森稲荷で会っていたときと同じく丸髷《まるまげ》を結《ゆ》い、縞木綿《しまもめん》に身を包んでいても、どこか荒《すさ》んだ気配が漂っている。笑い声にも艶《つや》があり、この状況をどこか楽しんでいるように見えた。

「さぁ、十二か十三だったかね。食っても旨かないよ、チロ吉《きち》。小骨の多い鰶《このしろ》みたいなもんさ」

「つまんねぇな。俺ぁ色っぺぇ娘が泣き叫んで、許しを請う様が好きなんだ」

チロ吉と呼ばれた男が、ちぇっと舌を打つ。だが言葉とは裏腹に、お花の正面に腰を落ち着けてしまった。

注がれた酒で喉《のど》を潤《うるお》し、お頭が片頬を歪《ゆが》める。

「おいチロ、好きにしていいがまだ殺すな」

「なんでだよ。顔を見られちまったんだから、どうせ殺すんだろ」

「菱屋が金を出し渋《しぶ》ったら、手の指を順番に送りつけてやるんだよ。活《い》きのいい指のほうが、いい脅《おど》しになるだろうが」

　こんな奴《やつ》らに弱みを見せたくなどないのに、体が勝手に震えはじめる。夏とは思えないくらい、手足が冷たい。お槇と暮らしていたころの、真冬の寒さが思い出された。

「まったくお前さんてば、残忍だねぇ」

　お槇が上機嫌にころころと笑う。堅気《かたぎ》の男と所帯を持つどころか、賊の頭の女に収まって、すっかり人の心を失《な》くしたようだ。

　なぜ実の娘に、これほど惨《むご》くなれるのか。いいや人の心があれば、余所《よそ》の子にだってこんなことはできまい。

　そうか、分かった。鬼なんだ。

　おっ母さんと、慕《した》う気持ちがすっと消えた。お槇はきっと、人の皮を被って生まれてしまった鬼だったのだ。

「おお、可哀想に。怯《おび》えてやがるぜ」

　ぺちぺちと、チロ吉に頰を叩かれる。嫌がって顔を背《そむ》けようとすると、鼻を摘まみ上げられた。

　猿轡のせいで、こうされると息ができない。頭にじわりと血が上ってくる。苦しくてたまらなくなったころに、手が離れた。

鼻から必死に息を吸う。こうやって少しずつなぶられながら死ぬのかと思ったら、涙がせり上がってきた。

気をつけてねと、お妙に見送られたのに。只次郎は、今ごろ必死になってお花を捜しているに違いないのに。あの温かな場所へは、もう戻れないかもしれない。

「おいおい、姉さん。アンタの子が泣いてるぜ。早く乳でも飲ませてやれよ」

チロ吉が悪ふざけをし、歯を剝《む》き出しにして笑う。お槇が五合徳利《とっくり》を持って、ゆらりと立ち上がった。

「なんだいお前、泣けたのかい。昔は叩いても抓《つね》っても、辛気臭い顔をしてたってのに」

嫌だ、死にたくないと、口が自由なら叫んでいた。もっと料理を習いたいし、上手《うま》くなりたい。自分だって、人を癒せる人間になりたい。

「可哀想にねぇ。ほら、お飲み。乳だよ」

傍らにお槇が膝をつき、徳利の栓を抜く。とぷりとぷりと、顔に酒を注いできた。

またもや息がしづらくなり、お花は喘《あえ》ぐ。猿轡に酒が染み、口の中が苦い。畳の上にいるのに、溺《おぼ》れてしまう。

「やめろ、酒がもったいねぇ」

機嫌よく笑っていたお槇は、お頭に叱られると急に白けた。

「はぁい」と不貞腐《ふて》れたように応じて、徳利を持って戻ってゆく。そのままお頭が突き出した盃《さかずき》に、酒を注いでやっている。

お花に厭きたのか、「俺にももう一杯おくれ」と、チロ吉も後《うし》ろにくっついて行った。

やっと息ができるようになっても、そこら中が酒臭い。お花は尺取虫《しゃくとりむし》の要領でどうにか膝をつき、激しく肩を喘がせる。なんだか頭がクラクラするし、胸の鼓動も速い。おまけに猿轡はいつまでも苦い。

慣れぬ酒に、体の中が驚いている。喉元に酸っぱいものが込み上げてくるのを、必死に堪える。

なぜ、こんな仕打ちを受けなければいけないのだろう。この体を健《すこ》やかに保つため、お妙は様々に工夫《くふう》を凝らしてくれたというのに。

土用卯に土用蜆、夏の胃腸を整える山芋にお酢。夏の暑さに負けないように、そして冬になれば風邪《かぜ》をひかないように、食い気が落ちれば茶漬けを作り、時には甘い物も拵《こしら》えてくれる。

十五にしては小柄だけど、この五年のうちに背も伸びた。髪は艶《つや》やかになり、爪《つめ》も綺麗《きれい》な桜色だ。

全部、お妙のお蔭だった。お花を産み落としたのはお槇かもしれないが、今のこの体を作ってくれたのは、お妙だ。

苦しさからくるのとは別の、熱い涙があふれ出す。

心の底から、死にたくないと思った。こんなところで、殺されてやるわけにいかない。この大事な体を、あんな奴らの好きにさせていいはずがなかった。

「おい、大丈夫か」

ふと気づけば、七声の佐助に背中をさすられていた。突っ立ったままぎょろりとした目で一部始終を眺めているだけだったのに、どういう風の吹き回しだ。

佐助はお花の口元に耳を寄せ、一人で「うんうん」と頷いてみせる。

「おい、どうする。厠に行きたいとさ」

そんなことは、ひとことも言っていない。だいいちお花は言葉を発せる状況じゃない。それなのに佐助は、お頭たちに伺いを立てている。

「垂れ流されても臭ぇだろう。連れてけよ」

「だけど、屋敷を連れ回しちゃまずいだろ。縁側でさせな、ほら」

そう言って、お槇が畳になにかを滑らせた。佐助が立って、拾いに行く。

どうやら硯箱《すずりばこ》の蓋《ふた》のようだった。

座敷の外は、坪庭に面した濡《ぬ》れ縁になっていた。

お槇が「屋敷」と言ったように、盗賊の塒にしては立派すぎる。坪庭には蹲《つくばい》と石灯籠《いしどうろう》が配されて、青々とした楓《かえで》が枝を伸ばしている。ぐるりを囲む部屋は、さらに奥へと連なっていた。

ただし手入れは行き届いていないようで、どこもかしこも埃《ほこり》っぽく、歩けば足裏がざらざらする。庇《ひさし》からは、大きな蜘蛛《くも》の巣が垂れ下がっていた。

もしかすると、主《あるじ》のいない空き家なのかもしれない。耳を澄《す》ましても、盗賊たちの他には人の気配がしなかった。

足の縄だけを外し、ここまでお花を引っ立ててきた佐助が、己の鼻先に人差し指を立てる。そろそろ暮れ六つ（午後六時）というところか。暗いが顔を近づければ、表情が分からぬほどではない。

声を立てるなと、佐助は伝えたいのだろう。頷くと、猿轡が外された。お花は久方ぶりに、胸いっぱいに息を吸った。

「飲め」と、佐助が懐《ふところ》から竹筒を取り出す。中身は水だ。両手は縛られたままだが首

を うんと伸ばし、差し出された竹筒からごくごく飲んだ。

清涼な水に洗われて、体の異変が収まってゆく。人心地がついて、お花は「ふはっ」と顔を上げた。

「小便は平気か？」

問われて足元に置かれた硯箱の蓋に目を落とす。催《もよお》したなら、ここにしろということか。気が張り詰めているせいか、尿意は少しも感じなかった。

相手の蟷螂顔を見返しながら、お花は首を横に振る。佐助が急に、親身になったわけが分からない。

じっと見つめていると、佐助はふいに視線を外した。

「悪いが、お前を逃がしてやることはできねぇ。奴らを裏切ったら、国元のおっ母さんが殺されちまう」

囁《ささや》き声ではあるが、内面の苦しみが伝わってくる。佐助は自ら進んで、賊の仲間になったわけではないようだ。

「国元って、越中《えっちゅう》？」

小声で尋ねてみると、佐助は「なんで知ってるんだ」と狼狽《うろた》えた。

元は浅草奥山《あさくさおくやま》の、声色芸人。馬面剝《うまづらはぎ》を「ばくちこき」と呼ぶ、越中の出だ。その巧《たく》みな芸が賊のお頭の目に留まり、脅されて仲間に引き入れられたのだろう。

お花もすっかり、騙《だま》された。熊吉の声ならよく知っているはずなのに、ちっとも疑わずに捕まってしまった。この声真似《こえまね》を見抜いたという俵屋の女中は、よっぽど用心深い人だったに違いない。

なにが可笑しいのか、座敷からチロ吉の馬鹿笑いが聞こえてくる。佐助はそちらをちらりと見てから、酒を吸い込んだ猿轡を固く絞る。それを再びお花に嚙ませながら、こう言った。

「逃がせねぇが、金と引き換えにちゃんと帰れるようにしてやる。だから、気を強く持て」

猿轡が邪魔で、「どうやって？」と問い返すことはできなかった。

でも必ず、帰ってやる。温かな湯気に満たされたあの『ぜんや』こそが、自分の家なのだから。

お花は眼差《まなざ》しを強くして、ゆっくりと頷いた。

# 救いの手

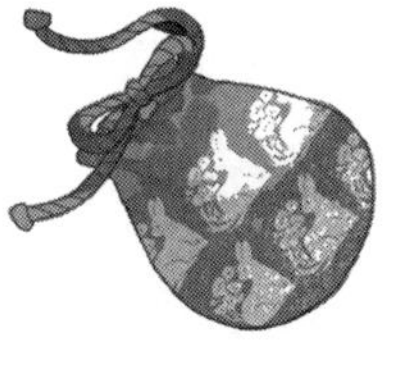

一

お天道様《てんとさま》がじりじりと、月代《さかやき》に照りつける。

外を歩いているだけで、干物《ひもの》になってしまいそうな暑さである。水を飲んでも飲んだ端から汗になり、木綿《もめん》の着物に塩が浮く。

今日から六月。なんでも大暑《たいしょ》に入ったそうで、ここからがまさに暑さの峠《とうげ》である。それなのに、その家の中は妙にひやりとしていた。昼の日中というのに竈《かまど》に火が入っておらず、客の姿もないせいか。大汗をかいてやって来た熊吉《くまきち》は、戸口に佇《たたず》み、寒々しさに身震いした。

通夜や葬式《そうしき》でも、もうちょっと賑《にぎ》やかだろうに。

そんなふうに考えて、縁起でもねぇと首を振る。煮炊《にた》きのにおいがしない『ぜんや』では、お妙《たえ》だけがぽつんと一人、取り残されたように床几《しょうぎ》に腰を下ろしていた。

「お妙さん」

声をかけると、ようやくそろりと顔を上げた。一睡《いっすい》もしていないとひと目で分かる、憔悴《しょうすい》した面差《おもざ》しだ。痛々しくも儚《はかな》げで、思わず手を差し伸べてやりたくなる。

「兄ちゃんたちは？」

問いかけながら、お妙の前に膝《ひざ》をつく。震えている手をぎゅっと握り込んでやると、血が通っていないみたいに冷たかった。

「小僧さんが呼びにきて、朝から菱屋《ひしや》さんへ」

「ご隠居のところに？　お花《はな》が見つかったのかい」

力なく、お妙が首を横に振る。「まだ」とも「分からない」とも取れる曖昧《あいまい》さだが、危《あや》ういものを感じてそれ以上問いを重ねることはできなかった。

昨日の朝から、お花が行方《ゆくえ》知れずになっている。大伝馬町《おおでんまちょう》の菱屋へと向かう道中、只次郎《ただじろう》が人に道を聞かれて目を離した隙《すき》に、忽然《こつぜん》と姿を消してしまった。裏路地には日除《ひよ》け用にと渡しておいた、番傘《ばんがさ》だけが落ちていたという。

お花がまさか、自ら姿を消したわけではあるまい。勾引《かどわ》かしに遭《あ》ったに違いないと、俵屋《たわらや》からも人を割《さ》いて捜し回っているところだった。

「おや、熊吉。来てたのかい」

厠《かわや》にでも行っていたのか、勝手口からお勝《かつ》が入ってきた。店は休みでも、お妙が心配でつき添っているのだ。

「水しかないけど、飲むかい？」

「ああ、ありがてぇ」

竹筒を持ち歩いてはいたが、とっくに空《から》になっていた。お勝が水瓶《みずがめ》の水を湯呑《ゆの》みに掬《すく》う。それをありがたく受け取った。

「ごめんなさい、気が利かなくて」

謝ることなどなにもないのに、お妙が張り詰めた眼差《まなざ》しで詫《わ》びてくる。ぴんと張った糸は、いずれ切れる。お勝がその隣に座り、気持ちを揉《も》みほぐすように背中を撫《な》でた。

熊吉は立ち上がり、ひと息に水を飲み干《ほ》す。どうせ仕事にはならないだろうと、旦《だん》那様《なさま》からお花の捜索に加わるよう命じられ、品川《しながわ》までひとっ走り行ってきた。

若い娘が勾引かされたとなれば、まず考えられるのが身売りである。岡場所《おかばしょ》に売っぱらってしまえば、まとまった金が手に入る。

寛政《かんせい》のご改革により数を減らしたとはいえ、品川、板橋《いたばし》、千住《せんじゅ》、内藤新宿《ないとうしんじゅく》の四宿《ししゅく》をはじめ、深川《ふかがわ》、根津《ねづ》、谷中《やなか》、四谷《よつや》、赤坂《あかさか》など、岡場所は江戸市中に散らばっている。手分けをして、それらを片っ端から調べ上げているところであった。

だが今のところ、手掛かりはなにもない。お花の行方は、杳《よう》として知れなかった。

「情けないい。こんなところで、待っているしかできないなんて」

悄然《しょうぜん》とうなだれて、お妙が両手を額《ひたい》に当てる。

万が一お花がひょっこり戻ってきたときのことを考えると、お妙には『ぜんや』にいてもらったほうがいい。当人もそれが役目と心得ているはずだが、じっとしているとどうしても、気が急《せ》いてしまうのだろう。

一刻も早く見つけてやらねば、時が経《た》つほどお花の身は危うくなる。岡場所に売られても、生きているならまだいいが――。

よせ、考えるなと、熊吉は己の頭を小突く。お花は無事だ。必ず取り戻してみせる。そう念じていなければ、正気を保っていられそうにない。

そうこうするうちに、真昼九つ（昼十二時）の鐘《かね》が鳴りはじめた。それが合図であるかのように、表の戸がカラリと開く。

「いやはや、暑い。こりゃたまらん」

「さっきから暑い暑いとうるせぇよ。よけい暑くなるだろ」

仲のいいところを見せながら、やって来たのは常連の「カク」と「マル」だ。どういうわけだか「マル」は、蓋《ふた》つきの鉄鍋《てつなべ》を手に提《さ》げている。

「すみません。店は今日、やっていなくて」

「ああ、分かってる。事情は聞いてるよ」

慌てて立ち上がったお妙を宥《なだ》めるように、「カク」がゆっくりと頷《うなず》き返す。その後を、「マル」が引き取った。

「微力ながら俺たちも、棒手振《ぼてふ》りを使って話を聞き集めてるところだ。安心しな」

魚河岸《うおがし》の仲買人ならば、魚貝を売り歩く棒手振りとは懇意《こんい》である。江戸の隅々《すみずみ》の裏路地にまで入り込んで商《あきな》いをする彼らなら、なにかを見たかもしれないし、人から話も聞きやすい。

「魚河岸の皆さんまで。ありがとうございます」

「あたりめぇだろ。俺たちだって、ちっせぇころからお花ちゃんを見守ってきたんだ」

「ああ、あんな健気《けなげ》な子はいねぇよ」

お妙がたまらず涙ぐみ、「マル」がつられて洟《はな》をすする。お花の捜索の網目は、確実に細かくなっている。

そのどこかに、引っかかってくれりゃいいんだが。

お花が姿を消したのは、人出の多い日本橋《にほんばし》。猫の子じゃあるまいし、十五の娘を攫《さら》って行ったなら、必ず見咎《みとが》めた者がいるはずだ。そのわりに、目撃談が語られないのが気にかかる。

案外遠くには、行ってないのかもしれねぇな。

ならば本町《ほんちょう》三丁目あたりを、もう一度じっくり調べたほうがいいのかもしれない。

などと一人思案していたら、今度は勝手口の戸が勢いよく開いた。

「おや、皆さんお揃《そろ》いで。ちょうどよかった。握《にぎ》り飯をたんまり作ったから、ついでに食べて行きなよ」

裏店《うらだな》に住む、おえんである。娘のおかやも後に続き、握り飯を載せた皿を運んできた。

「おえんさん――」

「やだもう、なんて顔してんだい、お妙ちゃん。ほらさっさと座って、しっかり食う！　お花ちゃんが戻ってくる前に、アンタがぶっ倒れちゃどうしようもないだろう」

真昼九つの鐘をたしかに聞いたのに、昼餉《ひるげ》のことなど頭から抜けていた。お妙もまた、鼻先に飯を突きつけられるまで忘れていたのだろう。

酷暑《こくしょ》の折だ。なにも食べずにいたら、たちまち体が暑さに負けてしまう。

「悪いけど、お菜《さい》はないよ。こちとら料理が下手《へた》なもんでね」

生来の押しの強さで皆に握り飯を押しつけてから、おえんはなぜか踏《ふ》ん反《ぞ》り返る。

「威張《いば》って言うようなことじゃないだろう」とお勝が混ぜっ返し、熊吉はわずかに頬《ほお》を緩めた。

そのとたん、思い出したかのように腹が鳴る。まだ温《ぬく》もりの残る塩むすびが、急に旨《うま》そうに見えてきた。

「だったらこれ、食ってくんな。お妙さんにと思って持ってきたんだ」

そう言いながら、「マル」が手にしていた鉄鍋を床几に置く。木の蓋を取り除《のぞ》くと、こっくりと飴《あめ》色に煮られた鮎《あゆ》の甘露煮《かんろに》が、ずいぶんたくさん入っている。

「これなら暑くても、多少日持ちがするからさ」

「ああ、こりゃありがたいね」

お勝がさっそく立ち上がり、調理場に皿や箸《はし》を取りに行く。

つやつやと輝く鍋の中身を覗《のぞ》き込み、おえんが「上等じゃないか！」と躍《おど》り上がった。

骨まで柔らかく炊き上げられた甘露煮と握り飯は、こんなときでも旨かった。汗をかきすぎた体には甘辛い味つけがありがたい。腹の底から、活力が湧《わ》いてくる。

しばし体を休めてから、熊吉は持参の竹筒に水を満たしてもらった。ひとまずは、菱屋に向かおう。本町三丁目あたりを調べ直すにしても、只次郎の指示を仰《あお》いでからのほうがいい。

俵屋のみならず他の旦那衆も、お花の捜索に人手を割いていた。てんでんばらばらに動いても、混乱を呼ぶだけである。

「じゃあ俺たちは、もうちょっと仲買人たちに繋《つな》ぎを取ってくるわ」

そう言って、「マル」と「カク」がひと足先に出て行った。

「ありがたいことだね。これだけ大勢の人が捜してくれてるんだ。お花ちゃんは必ず見つかるよ」

お妙の肩を抱いて、お勝が元気づけている。「そのとおりだ」と頷いてから、熊吉も『ぜんや』を後にした。

頭に思い浮かぶのは、お花の小さな背中である。あの子はいつだって、お妙や只次郎に見捨てられまいと必死だった。実母にひどく扱われてきたせいで、役立たずには居場所がないと思い込んでいた。

馬鹿野郎と、お花が見つかったら言ってやりたい。お前が姿を消しただけで、これだけの人が動くんだぞと。お妙さんだって、たったひと晩でやつれちまうほど心配している。だからさっさと、帰ってこい。

頭上から照りつける日差しに急かされるようにして、熊吉はどんどん歩を速めてゆく。あまりの暑さゆえ通りに人は少ないが、神田川《かんだがわ》の川辺は水遊びの子らで賑わっていた。

「キャー!」と群れ遊ぶ声を聞きながら、筋違橋《すじかいばし》を渡ってゆく。鰻《うなぎ》でも捕まえたのか、竹笊《たけざる》を抱えた男児の周りが盛り上がっている。

そういえばお花のことは九つから知っているが、ああやって遊んでいるところを見たことがない。あのころにもっと、構いつけてやればよかった。

そんなふうに物思いに耽《ふけ》っていたら、ふいに肩を叩《たた》かれた。

「熊吉。おい、熊吉」

ハッとして振り返ると、只次郎だ。昨日からお花を捜し回っているせいで、鼻の頭が日に焼けて剝《む》けている。日頃《ひごろ》の穏《おだ》やかな風貌《ふうぼう》はどこへやら、頰はこけて目が異様に光っていた。

こりゃそうとう、肝《きも》が煎《い》れてやがるな。

お花を攫った何者かと、一瞬でも目を離した己に、只次郎はひどく腹を立てている。激情に駆られ、おそらく今は疲れを感じていないだろう。だが捜索が長引けば、きっと心身が危うくなる。

　でもそれは、俺も同じか。

「ああ、兄ちゃん。すれ違いにならなくてよかった。柳井《やない》様もご一緒だったか」

　気を取り直して、声を励《はげ》ます。只次郎は、元吟味《ぎんみ》方与力《かたよりき》の柳井様を伴っていた。

　浪人者のような着流しに長刀を差したなりで、柳井様もあちこちを走り回っている。

『ぜんや』に向かっているのかと尋《たず》ねると、なぜか苦々しい顔をして頷いた。

「お妙さんにちょっと、知らせなきゃいけないことができちまったもんでね」

「私は知らせずに済むものなら、済ませたいんですけどね」

「だからお前、お妙さんを蚊帳《かや》の外に置きたがる癖《くせ》はいいかげん改めろって」

「よけいな心労をかけたくないだけです」

「そうやって、いつも後から知られてこじれるだろうが」

　問いかけた熊吉をよそに、只次郎と柳井様が言い合っている。

　つまりお妙に知らせたくないと只次郎が思うような、新たな事態が持ち上がったのか。ならば間違いなく、よい話ではない。

　お花の身に、いったいなにが起こったというのか。肝心《かんじん》のところが分からずに、熊吉は苛立《いらだ》った。なおも言い合う柳井様と只次郎の肩を、みしりと握る。

ている。

「で、なんだって？」

「いててて。痛いよ、熊吉」

「馬鹿力だな、てめぇは」

ようやく二人の注意がこちらに向いた。肩をさする只次郎は、苦しげな面持《おもも》ちをしている。

「昨夜遅く、菱屋さんに投《な》げ文《ぶみ》があったんだ」

しばらく間を置いてから、声を絞《しぼ》るようにしてそう告《つ》げる。続きは柳井様が引き取った。

「孫のお花と引き換えに、五百両を用意しろとさ」

勾引かしの、下手人からの文であった。差出人が分かるような署名はなかったそうだが、熊吉にはぴんときた。

お花が菱屋のご隠居の名目上の孫であることを、知る者はさほど多くない。しかしその繋がりをあてにして、近づいてきた輩《やから》がいる。

そうではないかと、危ぶんではいた。たまたま人攫いに出くわしたにしては、お花の失踪《しっそう》は手際《てぎわ》がよすぎるのだ。

なんてこった。あまりにも酷な話じゃねぇか。

痛みに耐《た》えるように、熊吉はぎゅっと眉を寄せる。

「やっぱり下手人は、蓑虫《みのむし》の辰《たつ》なんだな」

そしてその一味には、お花の実母のお槇《まき》がいる。我が子を人質にして親が金を強請《ゆす》るとは、鬼畜の所業《しょぎょう》ではないか。

「ああ、胸糞悪《むなくそ》いことにな」と頷き、柳井様もまた顔をしかめた。

二

強く握りしめすぎて、お妙の指先が白くなっている。

下手人の正体は、けっきょく柳井様が打ち明けた。その間只次郎は小上がりの縁《へり》に腰かけて、じっと腕を組んでいた。

さっきまでいたおえんとおかやは、留守番《るすばん》のため隣の『春告堂《しゅんこくどう》』へと引き上げたようだ。膝の上で握り合わされたお妙の手を、労《いた》わるようにお勝が撫でる。

「許せない」

やがてぽつりと、お妙が押し殺した声で呟《つぶや》いた。身の内に、激しい怒りが渦巻《うずま》いているのが見て取れた。

下手人の見当は、おそらくついていたはずである。それでも事実として突きつけられると、はらわたが煮えくり返る。囚《とら》われの身のお花の心情を思うと、なおさらだ。幼いころお槇に捨てられて、今また利用されようとしている。せめて母と子のよしみで、お花の身の安全だけは保《たも》たれていると信じたいところだが――。

「もしその五百両を、用意できなきゃどうなるんだい」

「そのときは、お花ちゃんの命はないと思えとさ」

お勝の問いに、柳井様が答える。どうやらあのお槇には、人の情を期待するだけ無駄のようだ。

「期限は明日まで。菱屋のご隠居は、五百両を用意すると言ってくだすってる」

身代金《みのしろきん》が五百両とは敵も大きく出たものだが、造作《ぞうさ》もなく用意できてしまうあたり、さすがは菱屋と言うべきか。江戸随一《ずいいち》の太物問屋《ふとものどんや》は、その程度ではびくともしない。

「お金は、一生かかってでも返します。なによりお花ちゃんが、無事でさえあれば」

金よりお花が大事だと、お妙も切実に訴《うった》える。

五百両となれば、吉原《よしわら》の花魁《おいらん》を身請《みう》けできるほどの額だ。はした金のために娘を売った親たちは、目を剝いて驚くことだろう。

だがお花の身柄《みがら》は五百両と引き換えに、本当に戻ってくるのだろうか。なにせ相手は、ならず者の集まりである。

「金の受け渡しは、どういった段取りでするんだよ」

「それはまた、向こうから指示があるらしい」

熊吉が尋ねると、やはり柳井様が答えた。

直前まで段取りを知らせないのは、対策を練る隙をこちらに与えぬためか。

金だけ取られて逃げられては、元も子もなかった。

「蓑虫の辰が絡んでいるとなれば、火盗改《かとうあらため》を動かせる。金の受け渡しではどうしたって姿を現さなきゃならねぇから、そのときにふん縛《じば》ることもできるわけだが」

「柳井様、それはいけねぇ。まずはお花を取り戻さないと、激昂《げっこう》した奴《やつ》らになにされるか分かったもんじゃねぇよ」

下手人はなにも、一人じゃない。金を受け取りに来る者は当然、お花の身柄を盾《たて》にしている。受け渡しにしくじれば、おそらく無事ではいられまい。

「そうだな。逆に言えばそのときまでは、お花ちゃんは生かしておく値打ちがある。明日の受け渡しまでに塒《ねぐら》を突き止めて踏み込めば、無事助け出せる目算は増えるか」

柳井様はそう言うと、苦りきったように爪《つめ》を嚙《か》む。それまでじっと黙っていた只次郎が、勢いをつけて立ち上がった。

「ずいぶん悠長なことを。春先から捜し回っても見つけられずにいる埒が、今日明日で突き止められるというんですか」

「それについちゃ、面目《めんぼく》ねぇ」

もっと早くに埒を突き止めて、賊を一網打尽《いちもうだじん》にしていれば、お花が勾引かされることはなかった。すでに隠居している柳井様を責めるのはお門違いだが、そうと分かっていても只次郎には気持ちのやり場がないのだろう。

柳井様は只次郎とお妙に向かって順番に頭を下げ、「すまねぇ」と謝った。

「よしな、柳井様はよくやってくだすってるよ。ひとまず落ち着こうじゃないか」

お勝が懐《ふところ》から煙管《きせる》入れを取り出して、煙草盆《たばこぼん》を引き寄せる。だが火入れの中に、火種が入っていなかったようだ。

諦《あきら》めて煙管を戻してから、こちらに顔を向けてきた。

「そういやアンタの同輩は、あれっきり行方知れずなのかい」

下駒込村《しもこまごめ》の生家から姿をくらました、長吉《ちょうきち》のことを言っている。どこに逃れて行ったのか、その足取りは依然摑《つか》めていなかった。

「ああ、蓑虫を置いて消えたっきりだ」

「他になにか、手掛かりは残っていなかったのかい」

長吉が幼い弟に蓑虫を託して行ったから、彼らと蓑虫の辰が繋がった。その他になにか見落としていないかと、お勝は問うているのである。

「そうは言っても、もうひと月半ほど前のことだからな」

目を瞑《つむ》り、当時の状況を思い浮かべる。長吉は、他に手掛かりを残していたのだろうか。こめかみを揉んで考えても、それらしきものはない。もしかすると、重大な痕《こん》跡《せき》を見落としているのかもしれない。

「なんでもいいわ。おかしいと感じるところはなかった？」

お妙の縋《すが》るような眼差しに、どうにか答えてやりたかった。そうだ、おかしなことといえば。

「たいしたことじゃねぇが、長吉の弟が蓑虫のことを、しきりに『からむし』と呼んでいたっけ」

幼い子供が言葉を間違えただけと、今まで気にも留めていなかった。それなのに、お妙はハッと息を呑み、「からむし？」と小声で繰り返す。

「そう。俺が訪ねてきたら、このからむしを見せてやれと、長吉に言われたって――」

いや、待てよ。喋《しゃべ》りながら、熊吉もはたと気づく。もしやこれは、子供の他愛《たわい》ない間違いではないのかもしれない。長吉が弟に、「からむし」と吹き込んだとも考えられる。

お妙の頬が、心なしか赤らんでいる。ごくりと唾《つば》を飲み下してから、口を開いた。

「からむしは、越後上布《えちごじょうふ》に使われる苧麻《ちょま》のことよ。それを撚《よ》り合わせて糸にすることを、苧績《おうみ》と呼びます」

「おうみ——」と、鸚鵡《おうむ》返しに呟いていた。

でっぷりと肥《こ》えた、老獪《ろうかい》な男の顔が頭に浮かぶ。常に奸計《かんけい》を巡らしていそうな、あの目つきが苦手だった。

柳井様が、大袈裟《おおげさ》なほど手を叩き合わせる。それから叫《さけ》ぶようにこう言った。

「そうか、近江屋《おうみや》か！」

お花はたしかに言っていた。お槇たちの体に染み込んだ材木のにおいに、大川《おおかわ》の向こう岸。手掛かりはすでにあったのに、なぜ今まで思いつかなかったのかと悔《く》やまれる。

深川木場《きば》近くに居を構える、材木問屋の近江屋。お妙の前の良人《おっと》を手にかけた、因《いん》縁《ねん》浅からぬ相手である。

「あそこは主《あるじ》が病に倒れてからというもの、奉公人が一人減り二人減りして、今は番頭だった男が辛《かろ》うじて店を支えてるだけのはずだ。主の言いなりになるしか能のない男で、商いの才覚がねぇんだな」

材木問屋の案件は、北町奉行所《きたまちぶぎょうしょ》が窓口になっている。現役を退《しりぞ》いても、柳井様は近江屋の内情に詳しかった。

かつてはお上にうまく取り入って、日光東照宮《にっこうとうしょうぐう》の修繕《しゅうぜん》にも絡《から》む大商人だった。近江屋の絵に描いたような零落《れいらく》ぶりに、世の無常を思い知る。奉公人が去ってしまった広い屋敷なら、賊などいくらでも匿《かくま》えるだろう。

不貞腐《ふてくさ》れるのはやめたらしく、只次郎が表情を引き締めた。

「近江屋さんなら、我々を逆恨《さかうら》みしているはずですね。一矢報《むく》いられるならと、手を結んだのかもしれません」

過去には只次郎と旦那衆とで、近江屋をやり込めたことがあった。熊吉は当時まだ子供で蚊帳の外だったが、事情はうっすらと察している。近江屋の商いがぱっとしなくなったのも、だいたいそのあたりからだった。

押し込み先を物色していた蓑虫の辰と、俵屋に遺恨《いこん》のあった長吉、彼らと近江屋は、たしかに利害が一致している。それでも盗賊を屋敷に引き込むとは、並々ならぬ執念《しゅうねん》である。

「きっともう、先が長くないんだろうねぇ。終わりが近づいて、破れかぶれになってんのさ」

お勝の嘆息《たんそく》を聞きながら、熊吉はもう一度頭の中を整理してみる。賊の塒が近江屋だったとして、その場合どのような利便があるだろうか。

「そうか、舟か」

ふと閃《ひらめ》いて、呟いた。

深川の材木問屋は品物である材木を運び入れやすくするために、川や掘割《ほりわり》に面して建てられている。舟での移動を考慮《こうりよ》に入れると、勾引かしも容易《ようい》にできそうだ。

お花が姿を消したのは、日本橋の本町三丁目。そのすぐ近くに、米蔵の建ち並ぶ伊《い》勢町堀《せちようぼり》がある。お花を攫ってそこから舟に乗ってしまえば、そのまま大川へ出て、深川に至ることができる。

白昼の勾引かしにもかかわらず目撃談が語られないことを、ずっと不思議に思っていた。だがそれも、川に逃れたのであれば納得がいく。

「もしかすると金の受け渡しも、舟の上でするつもりなのかもしれねぇ」

捕方《とりかた》の舟が見えたらお花を殺すと脅《おど》しておいて、金を積んだ舟だけを近づけさせる。

そのまま水上を逃げて行けば、簡単に追手《おって》をまくことができる。

「待って、それじゃあどうやってお花ちゃんを救い出せばいいの」

お妙の悲痛な声が、胸にこたえる。

お花はそのまま連れ去られるか、用済みになったと川に突き落とされるか。後者の場合、無傷で突き落としてくれるとはかぎらない。

「ひとまずは、近江屋の番頭を取り押さえよう。無理にでも口を割らせて、屋敷が本当に賊の塒になっていたならば――」

「闇雲《やみくも》に踏み込んでも、お花ちゃんの身が危ういだけですよ」

柳井様の考えを、只次郎が先回りして打ち消した。

相手は人の命を屁《へ》とも思わない盗賊だ。今のところ、何人いるかも分かっていない。捕方を集めて踏み込めば数人は捕縛できるだろうが、お花も無事では済まないはずだ。

「いったい、どうすれば」

お妙はもはやじっと座っていられないようで、そわそわと歩き回っている。軽く握った拳《こぶし》を口元に当て、お花をいかに奪還すべきか考えているようだ。

賊の塒から、なるべく安全にお花を救い出す。できなくはないと、熊吉は思う。

「ようするにオイラたちが踏み込んだとき、敵が歯向かえない状態になってりゃいいわけだろ」

そう言い放ったとたん、四人分の期待のこもった眼差しが集まってきた。

「そんなことができるの？」

お妙が動悸《どうき》を抑《おさ》えるように、胸元に手を重ねる。

「ああ、たぶんね」

熊吉の頭にあるのは、なんとも単純な策だった。敵の一味にはもう、長吉はいない。ならば見破れやしないだろう。

「そのためにもまずは、近江屋の番頭を押さえちまわねぇとな」

できればそいつが、使える奴ならいいのだが。

そう思いながら、熊吉は汗ばんだ衿元《えりもと》を引き締めた。

三

「私はただ離れに暮らす旦那様と、母屋《おもや》にいる客人をお世話申し上げているだけです。知りません。なにも、存じ上げません」

永代寺門前町《えいたいじもんぜんちょう》の煮売屋に現れたという番頭は、青瓢簞《あおびょうたん》のような面《つら》をした四十がらみの男だった。ただ買い物をしているだけのところを押さえられ、自身番に引っ立てられたにしては、己の保身に必死である。

「うちはもう他に奉公人もおりませんで、三度の飯は煮売屋のお菜で済ましております。さっきも晩飯の分を、買い求めていただけなんです」

おそらく母屋にいる客人の正体が、堅気《かたぎ》でないことくらい勘づいているのだろう。聞いてもいないことまでぺらぺらと、よく喋る。

「そうかい。その客人というのは、何人いるんだい」

だがあらためて問われると、番頭は躊躇《ためら》いの色を見せた。着流しに長刀を差してはいるが、同心には見えぬ柳井様を、何者かと測《はか》りかねている。

「早く答えやがれ！」

柳井様の息がかかっている目明かしが、その頭をぽかりと殴《なぐ》りつけた。

「前はもう少しおりましたが、今は四人かと」

「その中に、女はいるかい」

「はい、三十路《みそじ》くらいの年増《としま》が一人。その亭主らしいのと、あとの二人は配下のようです」

思っていたより、人員が少ない。俵屋への押し込みをしくじってじっと息を潜《ひそ》めているうちに、数を減らしたものと思われる。たったの四人なら、どうにかなりそうだ。

「そこに昨日、十四、五の娘が連れてこられませんでしたか」

日頃は町人ぶっている只次郎も、気が張り詰めると武士だったころのように背筋が伸びる。これまた何者だという顔をして、番頭は首を振った。

「飯と酒を運ぶとき以外には、母屋に足を踏み入れませんので、よく見てはおりません。本当です」

どうやら嘘《うそ》はついていないようだ。きな臭い客人との関《かか》わりは、なるべく持たぬようにしているのだろう。屋敷にいるから仕方なく世話をしているだけで、飲食に金もかかるし、本心では迷惑に思っているらしい。

「ところで近江屋の主人は、そんなに体が悪いのかい」

話題が母屋の客人から逸《そ》れて、番頭はほっと息をつく。問いかけた柳井様を見返して、「ええ」と神妙に頷いた。

「もう長いこと、離れに寝たきりで。旦那様にはお内儀《ないぎ》様もお子様もおられませんでしょう。放《ほう》っておくこともできませんで、私だけがこうして居残っております」

お人よしな男である。家が傾《かたむ》くと見て他の奉公人たちはいち早く逃げだしたというのに、情が邪魔《じゃま》をして一人取り残されている。

近江屋は、そこまでするに値《あたい》する主であっただろうか。熊吉は以前、近江屋の手代《てだい》に会ったことがある。瘦《や》せこけており、礼の角度も作り笑顔も常に同じで、なんだか気味が悪かった。

だからこそ、主が病に倒れたとたんに皆去って行ったのだろう。人望のあるなしは、人生の節目節目に表れる。

そんな中で貧乏《びんぼう》くじを引いてしまった番頭は、少なくとも悪人ではないようだ。それならば、こちらの頼み事を聞き入れてもらえるだろう。

熊吉は、番頭の正面に立つ柳井様に目配せをする。軽く頷き返してから、柳井様は長刀の柄《つか》にさりげなく手を置いた。

「お前さんはなにも知らないだろうが、実は母屋の客人というのは、蓑虫の辰という盗賊の一味なんだよ」

「ややややっ！」

「まさか、知ってたか？」

「そんな、めっそうもないことでございます。旦那様からも、長逗留《ながとうりゅう》の客だとしか伺《うかが》っておりません」

薄々《うすうす》勘づきながらもそ知らぬふりをしていたろうに、番頭は大汗をかいて否定する。

この男はたしかに悪人ではないが、現状に流されやすいきらいがある。

「だよな、お前さんはまったくなにも知らなかった。俺はそう信じてるよ。だが今のままじゃ、賊に手を貸したとして引っ立てられちまうかもな」

「と、とんでもない。神仏に誓《ちか》って、あの者たちとは関わりがございません！」

「だろうなぁ。そうに違いないと思うぜ。ならばその証《あかし》を、分かりやすいように見せとくれよ」

「証、というのは？」

頃合いと見て、熊吉は懐から粉薬の包みを取り出した。指の間にそれを挟み、番頭の鼻先に差し出してやる。

「なぁに、簡単なことよ。今日の晩飯の酒に、この薬を混ぜるだけだ。必ずそれを、四人の賊に飲ませてくれ」

柳井様が、その耳元に呪文《じゆもん》のように囁《ささや》きかける。番頭の喉仏《のどぼとけ》が、はっきりそれと分かるほど大きく動いた。

「な、中身はなんです？」

「それはお前さんが知らなくてもいいことだ。できるな？」

有無を言わせぬ口調で、柳井様は番頭の肩に手を乗せる。

ただ酒食を運んでいただけなのに、この頼みを断れば己も罪人だ。もはや選択《せんたく》の余地はない。

「かしこまりました」と、番頭は覚悟を決めて頷いた。


たっぷりと水を湛《たた》えた掘割が、夕日に赤く染まっている。

血を流したような、不吉な色だ。長く連なる黒塀に身を寄せて、熊吉は水面《みなも》から目を逸らす。

「どうした？」

すぐ横で息を潜めていた只次郎が、耳元に問うてくる。川面が血のようだと思ったとはとても言えず、熊吉は「いや」と首を振った。

近江屋の、屋敷裏である。周りが深川の材木置き場になっており、木の香りが強くにおう。ゆっくりと息を吸い、熊吉は手にした六尺棒《ろくしやくぼう》を己の肩に立てかけた。

先ほどからこうして、中に踏み込む機会を窺《うかが》っている。火付盗賊改方《ひつけとうぞくあらためかた》からは同心が二人とその手下が寄越《よこ》されており、自分たちを加えて人員は十名。ただの町人にすぎない只次郎と熊吉は帯刀を許されず、六尺棒を構えているというわけだ。

江戸の町に暑熱をもたらしたお天道様が、ゆっくりと沈みかけている。慣れぬ屋敷の中を歩くのに、暗闇は不利だ。どうにか日が暮れる前に踏み込みたいと、気が焦《あせ》る。

只次郎が懐からなにかを取り出して、祈るようにぎゅっと握った。見覚えのある巾《きん》着袋《ちゃくぶくろ》だ。花兎金襴《はなうさぎきんらん》の、名物裂《めいぶつぎれ》。熊吉がお花に贈った、京土産《みやげ》である。

「それは？」

「菱屋さんへの投げ文に、括《くく》りつけられていたそうだ」

なるほどそれがあったから、只次郎たちは投げ文を狂言ではないと断じたのか。敵も案外、工夫《くふう》を凝《こ》らすものである。

「お妙さんには、わざと見せなかったな」

「だってあまりにも、生々しいだろう」

お花が懐に入れて、持ち歩いていた巾着だ。いわば形代《かたしろ》のようなもの。それがあるとよけいに、彼女の不在が浮き彫《ぼ》りになってしまう。

「中身はなんだよ」

「花の種だ。たぶん菫《すみれ》だね」

この春にも、『ぜんや』の内外を彩《いろど》っていた菫だ。ひと株から増やしたとは思えないほど、次々に花を咲かせていた。その種を、大事に取っておいたのだろう。

「そうか。なら来年も、植えなきゃな」

「ああ。とても楽しみにしていたからね」

来年の春もその次も、お花が咲かせた菫が見たい。『ぜんや』でやきもきと待つお妙の元に、必ずその身を届けなければ。もちろん、五体満足な状態で。

熊吉は覚悟を新たにして、袖《そで》をまとめている襷《たすき》をキュッと締《し》め直した。

「おい、来たぞ」

柳井様に促《うなが》され、顔を上げる。ちょうど近江屋の番頭が、裏口から身を滑《すべ》らせるようにして現れたところだった。

「うまくいったか」

二人の同心を差し置いて、柳井様が首尾《しゅび》を尋ねる。番頭は、「はぁ」と首をすくめるようにして頷いた。

「たしかに渡されたものを、酒に入れて勧《すす》めました」

「飲んだな？」

「はい。あればあるだけ飲んじまう連中ですから」

熊吉は、心の中で「よし！」と叫ぶ。あれを飲んだなら、ひとたまりもないはずだ。

「もう大丈夫です。踏み込みましょう」

「まだ飲んだばかりじゃねぇのか？」

「あれは効《き》き目が早いんです」

「あい分かった」

素早く頷き、柳井様が「どの部屋だ」と問い質《ただ》す。番頭は拾った木切れで、地面に中の間取りを描いてゆく。

「裏から入るとすぐ、庭蔵が二つあります。その間を通って庭を突っ切り、台所から母屋に入ってください。濡《ぬ》れ縁伝いに右へ行くと、坪庭に面した奥座敷があります。連中は皆、そこにおります」

広い屋敷なら、奉公先の俵屋で慣れている。奥座敷がどこにあるかは、言われずともだいたい分かった。

それよりも、たしかめておきたい場所がある。

「番頭さん、ありがとよ。ところで厠は、どこにいくつほどあるんだい？」

今から踏み込もうという捕方に、まさか厠の位置を聞かれるとは思ってもみなかったのだろう。

番頭は虚《きょ》を突かれ、「へっ？」と声を翻《ひるがえ》らせた。

# 四

「よし、行くぞ」

一応は火付盗賊改方の同心を先頭にして、息を合わせて黒塀の内側へと踏み込んでゆく。

番頭が言っていたとおりさっそく同じ形の蔵が二つ並んでおり、その間を列になって駆け抜ける。池や築山《つきやま》を配した庭は手入れする者もなく荒れており、闖入者《ちんにゅうしゃ》に驚いた飛蝗《ばった》が足元を跳《は》ね回った。

庭の中ほどまで来ると、遠くに数寄屋《すきや》造りの離れが見える。病を得た近江屋は、あそこでひっそりと暮らしているのだ。

今は、寝たきりで逃げることも叶《かな》わぬ病人は後回しだ。

もはや足音も殺さずに、勝手口が開いたままの台所から母屋に駆け込む。濡れ縁伝いにまっすぐ右へ行けば、奥座敷。だが縁側は分岐《ぶんき》しており、一つは厠へと続いている。

「おい、いたぞ」

厠の戸に、堅肥《かたぶと》りの男が張りついている。腹を押さえて前屈《まえかが》みになり、壊れんばかりに戸を叩く。

「チロ、てめぇふざけんな。俺を差し置いて、厠に籠《こも》りきってんじゃねぇぞ！」

「すまねぇ、お頭。どうか別の厠へ回っとくれ」

「馬鹿野郎、他の厠は離れてんだよ。俺ぁ、もう一歩も動けやしねぇ！」

中にいる者を怒鳴《どな》りつけ、早く出ろと急かしている。そうとうに、切羽《せっぱ》詰まっているようである。

「ああ、やっぱりあれはよく効くねぇ」

六尺棒を脇《わき》に挟み、只次郎が立ち止まる。あれの効き目を、よく知っているような口ぶりだ。

「懐かしい。その昔近江屋さんを追い詰めたときも、俵屋さんが牽牛子《けんごし》を仕込んでくれたものだよ」

熊吉が酒に混ぜるようにと指示したのは牽牛子、すなわち朝顔の種を砕《くだ》いて粉にしたものだ。これは即効性の、下剤である。分量によっては、とても立っていられぬほど腹が下る。

「なんだよ。近江屋周りは臭ぇ話が多いな」

熊吉の声で堅肥りの男がこちらに気づき、脂汗《あぶらあせ》を垂《た》らしながら振り返る。さっき「お頭」と呼ばれていたから、これこそが蓑虫の辰なのだろう。さっそく敵の首魁《しゅかい》と行き会った。

「火付盗賊改である。神妙にいたせ！」

同心の一人が、朗々と名乗りを上げた。蓑虫の辰は、とても戦える体ではないはずだ。

「うるせぇ！」

それでもさすがは、盗賊の頭というべきか。もう一歩も動けないと言っていたのに、気力を振り絞って懐に呑んでいた匕首《あいくち》を抜き放った。かと思うととっさの判断で、六尺棒しか持っていない只次郎と熊吉の元へ、まっすぐに突っ込んできた。

「熊吉、下がっていなさい」

只次郎が、六尺棒を正眼《せいがん》に構える。町人になってからは毎朝の素振りをやめたはずだが、得物《えもの》の長さがものを言った。

匕首が届くより早く、六尺棒による突きが蓑虫の辰を襲う。よりにもよって腹を強く突かれ、辰は仰向《あおむ》けに転がった。

「あああああああ！」

絶叫《ぜっきょう》しながら、激しく身を震わせる。やや遅れて、異臭があたりに漂いだした。捕方たちが、鼻をつまんで顔を背《そむ》ける。同心のうち一人が嫌そうに近づいて、なおも身を震わせている辰に縄を打った。

「二つ名までつけて恐れられた盗賊の末路がこれかと思うと、哀《あわ》れだね」

「我ながら、ひでぇものを飲ませちまったよ」

人としての尊厳まで剝《は》ぎ取られ、蓑虫の辰は魂《たましい》が抜けたような顔をしている。この凄絶《せいぜつ》な捕り物は、火盗改の間で後々まで語り継《つ》がれることだろう。

「のんびりしてる場合か。先を急ぐぞ」

柳井様に促され、身を翻す。厠に籠っている男を捕らえるため同心一人と手下二人が残り、あとは奥座敷を目指して駆けだした。

しばらく行くと内蔵と屋敷に囲まれた、小さな坪庭が見えてくる。その片隅の羊歯《しだ》の茂みに、屈み込んでいる女がいた。

「なんだてめぇら、断りもなく入ってきやがって。アタシらになにをしやがった！」

声を聞かなければ、その正体に気づかなかったかもしれない。

「ありゃ、お槙さんか」

熊吉は、呆然《ぼうぜん》として呟いた。髪すら結《ゆ》わず、痩せぎすだったお槙が、むっちりとした肉置《ししお》きの女になっている。

「近寄るんじゃねぇ、ちくしょうめ。よせ、来るな。ぎゃあ！」

厠まで間に合わず、お槙はここで用足《ようた》しをしていたのだろう。尻《しり》を剝き出しにした女にも、火盗改は容赦《ようしゃ》がない。突き転がして、手早く縄をかけてゆく。

これで賊は、残り一人。いったいどこで苦しんでいるのだろう。

熊吉は坪庭に面した奥座敷の、障子《しょうじ》を勢いよく開けた。

食べかけの料理に、倒れた徳利《とっくり》。部屋の中には、酒宴《しゅえん》の跡が窺える。だがそれだけで、目を凝らしても人の影は見当たらない。

座敷がもぬけの殻《から》になっているのを見て、只次郎がその場に立ちつくす。背後では、お槙が髪を振り乱して騒いでいる。

「へん、ざまぁみやがれ。お花なら、ひと足先に仲間が連れて逃げてったよ！」

なんとまだ、動ける者がいたというのか。番頭には、必ず四人全員に酒を飲ませるよう言い含めておいたのに。

食いしばった歯が、ぎりぎりと鳴る。とそのとき、襖《ふすま》を隔《へだ》てた向こう側から、微《かす》かな物音が聞こえた気がした。

走りだしたのは、只次郎のほうが早かった。襖を開けて隣の部屋に飛び込むも、誰もいない。そのまま部屋から部屋へと、足早に移動してゆく。只次郎の背中を追いかけて、気がつけばまた台所に戻っていた。

かつては大勢の奉公人を抱えていた近江屋だ。台所は広く、勝手口から表通りに至るまで、屋敷を貫くように配置されている。

昼間でも薄暗い土間は、早くも闇に溶けようとしていた。しかし表通りに向かうにつれ、次第《しだい》に明るくなってゆく。高張提灯《たかはりぢょうちん》を掲《かか》げた人足《にんそく》が、ようやく駆けつけたのである。

それゆえ表に出ることもできず、二つの影が台所の隅で息を潜めていた。暗さにだんだん目が慣れて、相手の輪郭《りんかく》が浮き上がる。

「お花ちゃん！」と、只次郎が叫んだ。

後ろ手に縛られてはいるが、お花はどうやら無事らしい。表通りで提灯が揺れ、その背後に控《ひか》える男の顔も、はっきりと窺えた。

実際にこの目でも、人相書きでも見た顔だ。蟷螂《かまきり》に似た、七声《しちせい》の佐助《さすけ》である。

「この野郎！」

その顔を認めるやいなや、只次郎が六尺棒を振りかぶって躍りかかる。

棒であっても力いっぱい叩けば、相手の額を容易《たやす》く割れる。背の高さが違うから、そのまま振り下ろしてもお花には当たらない。

いけ！　と、強く念じる。だがその願いは、お花の叫びに掻《か》き消された。

「お父《とっ》つぁん、駄目！」

「えっ？」

熊吉が知るかぎり、お花が只次郎を「お父つぁん」と呼んだことは、小さいころに一度しかない。しかもまだ、養い子になるよりずっと前のことだ。

とたんに只次郎が正気に返り、六尺棒は佐助の額の手前でぴたりと止まった。

お花は只次郎をまっすぐに見つめ、佐助を庇《かば》うように立ちはだかる。下駄《げた》すら履《は》いていない足で、必死に踏ん張っている。

やっと追いついた柳井様と捕手《とりて》たちも、なにごとかとその場に立ち止まった。

七声の佐助は、まだお花を害せる位置にいる。いざとなればすぐ飛びかかれるよう、熊吉は腰にぐっと力を溜《た》める。

皆が息を詰めて見守る中、七声の佐助が動いた。両手を縛り上げられたお花の肩を、後ろからとんと突く。体の重心を狂わされ、お花は只次郎の胸の中へとよろめいた。

「おっと！」

六尺棒を放り出し、只次郎がお花を抱き留める。そのとたん、捕手たちがいっせいに佐助に群がっていった。

顔を殴《なぐ》って引き倒し、三人がかりで取り押さえる。佐助は別段抗《あらが》いもせず、されるがままに縄を打たれてゆく。

そんな様子を見せまいと、只次郎が体を入れ替えてお花を遠ざける。

「ねぇ、やめて。ひどいことしないで！」

お花の悲痛な叫び声が、だだっ広い台所に響き渡っていた。

五

水無月《みなづき》という名は、伊達《だて》じゃない。地上のすべてを干からびさせるつもりなのか、お天道様は今日もぎらぎらと照り輝いている。

大捕り物の翌日でも、しがない奉公人に休みはない。背中の行商簞笥《だんす》がやけに重く感じるのは、疲れが残っているせいか。それでも戻ってきた日常が、抱きしめたいほど愛《いと》おしくもあった。

本郷《ほんごう》の薬屋を後にして、そのまま神田《かんだ》花房町代地《はなぶさちょうだいち》へと向かう。せめて『ぜんや』の飯を昼餉にして、体力を取り戻そう。そんな心積もりで店の前に立ち、熊吉は表戸をからりと開けた。

「あれ？」

そろそろ昼飯時である。だが店内には誰もいない。

すんすんと、鼻をうごめかしてみた。僅《わず》かだが炊飯《すいはん》の煙が上がり、米が煮える甘いにおいがしている。

来客に気づいたか、見世棚《みせだな》の向こうに只次郎がすっくと立ち上がった。

「おや、熊吉。いらっしゃい」

どうやら調理場の床にしゃがみ、土鍋を七厘《しちりん》にかけていたらしい。その他には、なんのお菜も用意されていなかった。

「もしかして、今日も休み？」

「ああ、すまないね。疲れが出たみたいで、お花ちゃんもお妙さんも、揃って寝込んでしまったんだ」

「そうか。ならしょうがねぇな」

賊に捕らわれていたお花はもちろん、お妙も心労が溜まっていることだろう。二人とも体のだるさを訴えて、とろとろと眠り続けているらしい。

「お花はべつに、これといって悪いところはないんだろう？」

「お陰様《かげさま》で。医者にも寝てりゃ治ると言われたよ」

捜索に関わった誰もが無事であれと祈ったお花は、幸いにもかすり傷ひとつなく戻ってきた。なんでも七声の佐助が、さりげなく庇ってくれたお陰だという。

仲間の目を盗んで水と飯を与え、乱暴を働かれそうになると気を逸らし、佐助はお花を守り抜いた。台所に二人でいたのも、仲間が唐突に苦しみだしたのを見て、その隙にお花を逃がしてやろうとしたそうだ。

「あの人がいなかったら、私はもっと酷《ひど》い目に遭ってたと思う」

お花が言うに佐助は、声真似《こえまね》の才を認められ、脅されて一味に加わっていたらしい。国元の母の命を盾に取られ、どうしようもなかったのだ。

それでも佐助が熊吉の声を盗み、押し込みの手助けをした事実に変わりはない。異臭を放つ一味と共に、火盗改の役宅へと引っ立てられていった。同情の余地ありとして罪を減じられるかもしれないが、少なくとも熊吉は、それを決められる立場になかった。

ともあれ長かった盗賊騒ぎも、これで幕引きだ。すべてが解決したわけではないが、ようやく枕を高くして寝ることができる。

「それにしても兄ちゃん。それ、似合わねぇな」

只次郎は縮織《ちぢみお》りの着物に、格子《こうし》模様の前掛けを締めていた。玉杓子《たまじゃくし》を手に持つ姿もまた、見慣れぬものだ。

「そうかな。案外いいと思うんだけど」

「なに作ってたんだよ」

「私が唯一《ゆいいつ》作れる料理だよ。ほら、もうできた」

見世棚に杉板を敷き、そこに火から下ろした土鍋を載せる。只次郎が蓋を取ると、ほんのり甘い湯気が立ち昇った。

「粥《かゆ》か」

湯気が収まるのを待ってから、中を覗く。とろりとした、卵粥だ。

「お花ちゃんとお妙さんに、食べてもらおうと思ってね」

「甲斐甲斐《かいがい》しいな」

「そりゃあね。私は『お父つぁん』ですから」

お花に父と呼ばれ、すっかり得意になっている。火急の折ではあったが、よっぽど嬉《うれ》しかったと見える。

「ちょうどいい。ひと口味見をしておくれ」

只次郎が木の匙《さじ》を手に取り、粥を掬って差し出してきた。

食えるものなら、なんでも食べたい年頃だ。熊吉は匙を受け取り、吹き冷《さ》ましてから口に入れた。

味つけは、ほんのり優しい塩味だ。それゆえに、米の甘みが引き立っている。昨日の強張《こわば》りがまだ残っていたのか、粥の温もりが腹の底に落ちると、ほっとため息が洩《も》れた。

「意外と旨い。でもこれ、米の芯《しん》が残ってねぇか」

「ええっ」

只次郎が仰天《ぎょうてん》して、新しい匙を取り出す。自分でも味見をして、「本当だ」と顔をしかめた。

「たいした失敗じゃねぇよ。もうちょっと水を入れて、炊き直しゃいい」

「でもそうすると、卵が固まりすぎてしまうよ」

ならせめて、卵を流し入れる前に硬《かた》さを見ておけばよかったのに。只次郎は、がっくりと肩を落としている。

「まぁ、いいんじゃねぇか。ちょっとくらいの失敗も、愛嬌《あいきょう》だ。あの二人なら面白がってくれるさ」

「べつに面白がらせたいわけじゃないんだけどね」

失敗した粥で、お花が笑ってくれたら儲《もう》けもの。無傷で戻ってきたとはいえ、それは体の話である。心にはきっと、大小様々の傷が刻《きざ》まれたことだろう。

この先さらに、捕らえられたお槇の裁きもある。おそらくは、蓑虫の辰もろとも磔《はりつけ》だ。

鬼のような女でも、親は親。お花はまた、辛い目を見ることになる。

そんなときに、只次郎の温かな心づくしは救いになると思うのだ。不得手な者が誰かのために懸命《けんめい》に作る料理には、また格別の味わいがある。ちょっぴり硬いねと、親子三人で笑い合って食えばいい。

なにがあってもお花には、お妙と只次郎がついている。

「さてと、じゃあオイラは仕事に戻ろうかな」

お花が攫われて以来、『ぜんや』は店を閉めていた。龍気補養丹《りゅうきほようたん》の補充は必要ないと見て、熊吉は背中の荷を揺すり上げ、踵《きびす》を返す。

「二階に寄ってかないのかい」

「寝てる邪魔をしちゃ悪いだろ。それにお花はともかく、お妙さんの寝間着姿を見ちまってもいいのかい」

「なんだよ。昔は二階で一緒に寝ていたくせに」

それはいったい、いつの話だ。熊吉の身丈《みたけ》が、まだずっと小さかったころのことではないか。

ふた親を亡くし俵屋をも出奔《しゅっぽん》した熊吉は、あのときお妙の温もりに救われた。心から、ここの子になりたいと思ったこともある。

早いものだ。あれからもう、九年も経《た》った。この腕は、誰かを庇えるほど強くなっただろうか。

戸口へと向かいかけ、熊吉は只次郎を振り返る。似合わない前掛け姿に、またも笑いが込み上げる。

ひとしきり笑ってから、熊吉はそんな只次郎にベッと舌を突き出してみせた。

「ばーか。オイラはもう、ガキじゃねぇんだよ」

# 蓮の実

薄紅色の蕾《つぼみ》の真ん中が、微《かす》かに盛り上がってきたようだ。

そう思いながら鼻先を近づけて眺《なが》めるうちに、ぱっと花開いた。うっかり瞬《まばた》きでもしていたら、見逃してしまうところだった。

「ね、今！」

池の端にしゃがみ込んでいたお花《はな》は、すぐ後ろに立っている只次郎《ただじろう》を振り仰《あお》いだ。それと同時に、己が穏《おだ》やかな眼差《まなざ》しに包まれていたことを知る。

「咲いたね」と、微笑《ほほえ》む只次郎はお花の肩に手を置いている。万が一お花が足を滑《すべ》らせた場合の、用心である。

ちょっとくらい池に落ちたって、足が泥《どろ》まみれになるだけなのに。只次郎は我が身を挺《てい》してでも、お花に泥ひとつ跳ねさせぬよう努《つと》めるのだろう。

すっかり、深用心になっちゃって。

そんなに心配しなくても平気だという気持ちを込めて、微笑み返す。それでも只次郎は、お花から手を離そうとはしなかった。

「どうです、音はしましたか？」

少し離れたところから、菱屋《ひしや》のご隠居《いんきょ》が声をかけてくる。朝も早いのにきちんと身なりを整えて、にこにこと笑っている。

文月《ふづき》三日。暑さが峠《とうげ》を越えて退《ひ》きはじめる処暑《しょしょ》ゆえに、早朝の風は涼《すず》やかだ。なにせまだ、明け六つ（午前六時）の鐘《かね》が鳴ったばかり。白々と明け初めているものの、空にはまだ夜の気配が残っている。

そんな刻限に、菱屋の庭に咲く蓮《はす》を見にきていた。果《は》たせなかった約束の、仕切り直しである。こんな早朝になってしまったのは、ある噂《うわさ》をお花が耳にしたせいだ。

蓮は花咲くときに、ポンと大きな音がする。本当だろうかと訝《いぶか》っていたら、自分の耳で確かめてみなさいと誘われた。

蓮の蕾が開くのは、夜明けごろ。そのためいつもより早起きをして、只次郎に連れられて大伝馬町《おおでんまちょう》までやってきたというわけである。

音はしたかとご隠居に問われ、お花は首を大きく横に振った。

「ちっとも。花びら同士が触れ合う、カサッて音がしただけ」

「でしょうね。うちにはもう何年も蓮池があるけれど、音なんか聞いたことはありませんよ」

ならばはじめから、そう教えてくれたらよかったのに。

「自分の目と耳で確かめたほうが、面白いでしょう」と、ご隠居は言う。

そのとおりかもしれない。お花は「うん」と頷《うなず》いた。

「聞こえやしないけど、蕾が一気にポンって開くから、気持ちは分かる」

音はしないと教わるだけなら、なんだ嘘《うそ》かと思うだけだ。でも実際に見てみたら、腑《ふ》に落ちた。きっと噂の大本となった人は、本当に頭の中でポンという音を聞いたのだ。

「そうですね。蓮の花もそろそろ終わりですから、お見せできてよかったですよ」

蓮池に咲いている花はまばらである。それよりも、花びらを散らして剝《む》き出しになった花床《かしょう》のほうが多いくらいだ。もっと早い時期に来ていれば、満開の様子が拝《おが》めたのだろう。

しかしお花は五月のあの日、菱屋に向かう途中で勾引《かどわ》かされた。下手《へた》をすれば、生きて戻れなかったかもしれない。それがこうして、五体満足で蓮が咲くのを眺めている。本当によかったと、心の底からそう思う。

「あのね、ご隠居さん」

あらためて、言わねばならぬことがある。只次郎の手を借りて立ち上がり、お花はご隠居に近づいてゆく。真正面で立ち止まると、その目をしっかり見てから頭を下げた。

「私なんかのために、五百両もの大金を用意すると言ってくれてありがとう」

賊《ぞく》どもから、お花の身柄《みがら》と引き換えに求められた金である。

たとえば日本橋《にほんばし》の魚河岸《うおがし》の、一日の売り上げが千両だという。実にその半分にあたる額を、ご隠居は迷うことなく払うと言ってくれたそうだ。相手はたしかにお大尽《だいじん》かもしれないが、気軽に出せる額ではなかった。

歳《とし》のわりに肉厚な手が伸びてきて、お花の肩を撫《な》でる。顔を上げるとご隠居は、「違うんですよ」と首を振った。

「むしろ、謝るのはこちらです。私の孫という縁がなければ、お花ちゃんは勾引かされやしなかったでしょう。本当に、申し訳ない」

言われてみれば、そうかもしれない。手詰まりになった賊どもは、菱屋の金目当てにお花を攫《さら》った。でもあのお槙《まき》が賊の一味であるかぎり、どう転んでも無縁ではいられなかったような気がするのだ。

「ううん。おっ母《か》さんはどのみち、私にちょっかいを出してたんじゃないかな」

あの人は、娘のことを自分の物だと思っている。物だから好きに扱ってもよく、勝手に幸せになっていると気に食わない。ご隠居の孫だからお花が狙《ねら》われたのではなく、お花の縁者ゆえに菱屋が標的となったのかもしれなかった。

どちらが先なのか、今となってはもう分からない。

お花は蓮池を振り返り、まばらに咲いた花を眺める。花びらの先が紅色《べにいろ》で、下にゆくにつれ淡くなってゆく蓮は、夢見るような美しさだ。一本の茎《くき》に一つの花がつき、凜《りん》と上を向いている。

蓮は極楽浄土に咲く花だという。さもありなんという清らかさに、思わずこう呟《つぶや》いてしまった。

「おっ母さんは、きっと極楽には行けてないね」

只次郎や熊吉《くまきち》の奮闘により、お花が囚《とら》われの身から脱したのは先月一日のことである。蓑虫《みのむし》の辰《たつ》をはじめとした四人の賊は、共に踏《ふ》み込んだ同心によって火付盗賊改《ひつけとうぞくあらため》方《かた》の役宅へと引っ立てられていった。

その先で、どんな取り調べが行われたのかは分からない。だが蓑虫の辰の罪業《ざいごう》は広く知られており、殺した数は両手の指では足《た》りないと言われている。

そんな大悪人が、許されるはずもない。捕らえられてから十日後には、小塚原《こづかっぱら》の刑場で磔《はりつけ》にされたという。その両隣にはチロ吉《きち》と呼ばれていた男と、お槙の姿もあったそうだ。

磔は柱に縛《しば》られて、槍《やり》でめった刺しにされる刑だ。死してのちも、そのまま三日晒《さら》されるという。

お花がお槙の死を知ったのは、その三日間が過ぎてからだった。

大人たちはお槙が刑に処されたことを、お花に告《つ》げるかどうかでずいぶん迷ったらしい。あまりにも酷《こく》だと渋《しぶ》るむきもあったようだが、お妙《たえ》が「他人の噂で知ったほうがもっとつらいはず」と言って、教えてくれた。本当にそのとおりだと思うから、お妙には感謝している。

だからお槙はもうこの世にいないし、おそらく極楽にもいない。

そんなことは、ご隠居や只次郎にだって分かっている。それでもお花の呟きに、どう答えたものかと迷う気配があった。

下手なことを口走ってしまった。お花は取り繕《つくろ》うように、二人に向かって微笑みかける。

べつに、気を遣ってくれなくていい。お槙が死んだと聞かされても、不思議なくらい悲しくないのだ。いいやそれ以前から、頭がぼんやりと霞《かすみ》がかっているようで、なんとなく現《うつつ》が遠かった。

表向きは以前と変わらぬ日々を過ごしているはずだけど、ふとした拍子《ひょうし》にこんなところでなにをしているのだろうかと、違和がつのる。本当の自分はもう死んでいるのに、魂《たましい》だけがさまよい出て優しい夢を見ているのではないだろうか。そんなふうに感じて、そのたびに馬鹿なことをと苦笑する。

それでも一つだけ胸を撫で下ろすことがあったとすれば、七声《しちせい》の佐助《さすけ》の処遇である。彼は脅《おど》されて一味に加わっていたことや、押し込みが不首尾に終わったこと、それから勾引かされたお花の身を守ったことで罪を減じられ、遠島《えんとう》となった。つまるところは島流し。過酷には違いないが、生きているだけまだましだ。もう少し罪が軽くならなかったのかとも思うけど、これでも柳井《やない》様が掛け合ってくれた結果だという。

佐助さんは、運が悪かっただけなのに。声真似《こえまね》の才を悪党に見いだされ、利用されてしまった。ならば悪党の子に生まれてしまったお花も、運が悪かったということだろうか。

「あの、失礼します」

菱屋の下働きがそろりと近づいてきて、お花は物思いから引き戻された。

まだ二十歳《はたち》に満たぬと思われる、若い男だ。目が合うと、微かに頰《ほお》を赤らめた。

菱屋には女の奉公人がおらず、煮炊《にた》きも掃除もすべて男子が行っている。それゆえに、若い娘が珍《めずら》しいようである。

「はい、なんでしょう」

只次郎がずずいと間に入り、下働きの目からお花を隠した。

お花の耳には、戸惑《とまど》いを隠せぬ若者の声だけが聞こえる。

「弁当が届きましたので、朝餉《あさげ》の用意をしてもよろしいですか」

花見といえば、お妙の作る弁当がつきものだ。しかし朝が早いため、後から届けられることになっていた。菱屋の小僧が、出来立てをわざわざ取りに行ってくれたらしい。

弁当と聞いて、只次郎の背中が弾《はず》んだようだ。

「もちろん、よろしいです。お願いします」

先ほどの警戒《けいかい》はどこへやら、揉《も》み手をせんばかりに喜んでいる。

ぽかんと佇《たたず》む下働きに、「この人のことは気にしなさんな」とご隠居が声をかけ、準備をするよう促《うなが》した。

## 二

縁台に緋毛氈《ひもうせん》が敷かれ、なんと傘《かさ》まで立てかけられる。

なんだか気の利《き》いた茶店に来たかのようで、ここが菱屋の庭だということを、つかの間忘れそうになった。

ご隠居、只次郎、お花の順に腰かけると、咲きたての蓮の花がちょうど目の前にきた。そうなるよう考えて、配置されたものであろう。

いつの間にやら空はすっかり明るくなり、冴《さ》え冴《ざ》えと晴れ渡っている。雲の形がすでに秋の風情《ふぜい》で、気が休まらなかった夏の終わりを告げていた。

チリチリ、チチチと、様々に鳥が鳴く。蓮池は隠居所である離れの前に作られており、周りに配された松や楓《かえで》、躑躅《つつじ》といった木の葉が目に鮮やかだ。

充分に広いが、母屋《おもや》の庭はこれよりもっと立派だという。蓮池の水はそちらの池から引いているそうで、せせらぎには小さな朱塗りの橋が架《か》かっていた。

これではますます、夢心地になってしまう。ぼんやりと景色を眺めていたら、さっきの下働きが湯気の立つ汁椀《しるわん》を運んできた。

「どうぞ。汁物だけはうちで作らせてもらいました」

若者は、どうやら台所方だったらしい。白濁《はくだく》した汁は、蓮根《れんこん》のすり流しだ。三つ葉と、細く切った柚子皮《ゆずがわ》が浮き実になっている。

ひと口啜《すす》ってみると、出汁《だし》のきいた滋味深い味だ。蓮の花見ゆえに、蓮根の汁を用意してくれたのだろう。

「はい、お花ちゃん」

いつの間にやら、只次郎が料理を取り分けてくれていた。お妙から届いたお重の中身は、庭の景色に負けず劣《おと》らず彩《いろど》り豊かである。

茗荷飯《みょうがめし》のおむすびに、茗荷と茄子《なす》の和《あ》え物、茗荷の甘酢漬け。魚は蒸し穴子《あなご》と鱚《きす》の照り煮。木耳《きくらげ》の旨煮《うまに》と隠元《いんげん》の胡麻《ごま》和えで色合いを引き締めて、昨夜のうちに作っておいたかすてら玉子も入れてある。

「こりゃあ豪勢だ」と、ご隠居も満足げに目を細めた。

差し出された皿を受け取り、まずは好物のかすてら玉子から箸《はし》をつけることにする。好きなものはあとに取っておくという人もいるようだが、お花は先だ。誰《だれ》かに取られないように、いち早く胃袋に収めてしまう。

食べ物に困らぬ暮らしをさせてもらっていても、変わらぬ癖《くせ》だ。そういえばお槇も食い意地が汚くて、色を売った客からまれに饅頭《まんじゅう》でも貰《もら》おうものなら、口に詰め込めるだけ詰めていた。

お妙の作るかすてら玉子は海老《えび》のすり身と山芋《やまいも》が練り込まれており、しっとりと甘い。でもその甘さが優しければ優しいほど、なぜか胸が苦しくなる。

お花は慌てて、茗荷の甘酢漬けを齧《かじ》る。酸味が口の中に広がって、体がキュッと引き締まった。

「うん、旨い。茗荷の風味が飯に移って、歯応《はごた》えもまたいいですね」

ご隠居は、握り飯を手に取ってかぶりついている。茗荷飯は醤油《しょうゆ》と酒と油揚げを入れて飯を炊き、炊きあがってから千切りの茗荷を混ぜ込む。蒸らしすぎると歯応えがなくなってしまうから、ほどよいところでお櫃《ひつ》に上げて三角に結ぶ。

「でしょう。この茗荷飯と、木耳が合うんですよ」

木耳の旨煮は味醂《みりん》と醤油を入れ、水気がなくなるまで煮たものだ。胡麻油もほんの少し使われていて、あとを引く旨さである。

作るところを見ていなくとも、手順が頭に浮かんでくる。お妙からは、ずいぶん料理を教わった。だけど同じように作っても、お妙が作るほど旨くはならない。

私には、なにかが足りないのかもしれないな。

と、近ごろは思いはじめている。

「それにしても、茗荷料理が多くはないかい」

「ああ、そうですね。秋茗荷が豊作なのかな。このところよく出ますよ」

「なんだ。私はまた、この老いぼれの物忘れを揺《か》き立てるつもりかと思いましたよ」

「なにをおっしゃる。お父《とっ》つぁんはなんでもかんでも覚えていて、怖いくらいじゃないですか」

茗荷を食べると、物忘れがひどくなる。そんな言い習わしを持ち出して、ご隠居と只次郎が笑い合う。蓮の咲く音と同じく、そんなでたらめを誰が言いだしたのかと気になった。

「ああ、それはね」

尋《たず》ねてみると、只次郎は打てば響くように答えてくれる。

「お釈迦《しゃか》様の弟子《でし》に、物覚えの悪いお坊さんがいたんだって。自分の名前すら忘れるほどで、首から名札を下げていた。そのお坊さんが亡くなったあと、墓から見慣れぬ草が生えてきたという。それが茗荷と名づけられ、転じて茗荷を食べると物忘れをすると言われるようになったらしいよ」

「ま、諸説ありますけどね。釈迦の弟子ではなく、求名菩薩《ぐみょうぼさつ》の話とする説話もあります。誰が言いだしたのかは、けっきょく分かりゃしません」

只次郎もご隠居も、いったい頭のどこにこれだけの知識を詰め込んでいるのだろう。お花にしてみれば、どちらも怖いくらいである。

「二人とも、もっと茗荷を食べたほうがいいと思う」

そう言ってやると、義理の親子は朗《ほが》らかに声を上げて笑いだした。只次郎は武家の出で、血など繋《つな》がっていないのに、ご隠居とは根本のところがよく似ている。

「それじゃあ、雑学ついでにひとつ面白いことを教えましょうか」

いつまでも、遊び心を忘れぬところもそっくりだ。ご隠居はお花に向かって片目をつぶってみせると、さっきの若者を呼び寄せた。


下働きの若者が、蓮の葉を二枚切ってきた。

茎は長く残してあり、葉の真ん中の、茎と繋がっている部分に穴を空《あ》ける。それを「どうぞ」と差し出され、お花はわけも分からず受け取った。

「これを、どうすればいいんです？」

どうやら只次郎にも、ご隠居の企《たくら》みが分からぬようだ。人の顔よりずっと大きな蓮の葉を、矯《た》めつ眇《すが》めつ眺めている。

「まぁまぁ、ひとまずその葉を、手のひらに載せてみてください」

ご隠居の言葉どおり、蓮の葉を下から支え持つ。ちょうど傘が、逆に開いたような形である。もう片方の手で垂《た》れ下がった茎を摑《つか》み、お花はあることに気がついた。

「あれっ。茎の中も、蓮根みたいに穴が空いてる！」

「ええ。そもそも私たちが食べている蓮根は、地中で育った茎だそうです」

「そうなの？」

蓮の根と書くくせに、紛《まぎ》らわしい。ご隠居の解説に、お花は目を丸くした。

「これからやるのは、その穴を使った遊びですよ。そのまま、葉と茎を支えておいてくださいね」

言われたとおりの姿勢で待っていたら、下働きの若者が竹筒を手にして近づいてくる。中に入っているのは、水だろうか。竹筒を傾けて、蓮の葉に注いでくれた。

「ああ、なるほど。蓮の盃《さかずき》で水を飲むんですね」

これからするべきことを悟《さと》り、只次郎が膝《ひざ》を打つ。お花はまだ意味が摑めずに、首を傾《かし》げた。

「ほら、この茎を口に咥《くわ》えて吸えば、盃から水が流れ込むって寸法だよ」

「あ、そっか」

やっと分かった。葉の真ん中に、穴を空けたのはそのためだ。

「飲んでごらん」と促され、茎の先を咥えてみる。葉の底を支えた手は、目の高さに持ち上げるのがコツだという。

そのまま唇をすぼめて、吸ってみた。蓮の葉に溜《た》まった水が、茎を通して流れてくる。こくんとひと口飲んでから、お花は「うっ」と眉根《まゆね》を寄せた。

「苦ぁい」

けれども爽《さわ》やかな蓮の香りが一瞬遅れて鼻に抜け、これは案外悪くない。ふた口目を飲むと、ちょっと癖になってきた。

「いいなぁ。私にも注いでくださぃ」

見ているうちに羨《うらや》ましくなったようで、只次郎が催促《さいそく》をする。それを受けて下働きの若者は、さっきとは別の竹筒を手に取った。

「お前さんには、酒ですよ」と、ご隠居がにんまりする。

「ええっ、こんな朝っぱらから？」

困った素振りを見せつつも、まんざらではない様子。酒が注《つ》がれると、只次郎はさっそく茎の端を口に含んだ。

「うまぁい！」

ひと口飲んで、目を輝かす。蓮のほろ苦さが、酒の旨さを引き立てるようだ。こればっかりは、お花にはよさが分からない。

「ああ、でもやっぱり朝酒は効《き》きますね。この飲みかただと、いっそう回りが早い気がする」

そう言いつつも、只次郎は飽《あ》かずに茎を吸う。酒はまるで珠《たま》のようになって、葉の中で盛り上がっている。

蓮の葉は、水気を弾《はじ》くのだ。だからこそ泥の中に咲いても、蓮は泥に染まらない。さすがは極楽浄土に咲く花である。

そんなふうに、人も生きられるといいのだけれど——。

「こちらはもう、お済みですか」

空になった蓮の盃を持て余していたら、下働きの若者が引き取ってくれた。いけない。こんなに面白いことを教えてもらっているのに、また少しぼんやりしてしまった。

「どうです、楽しかったですか」

「うん、とっても」

ご隠居に尋ねられ、頷き返す。只次郎が若者を呼び止めて、「すみません、あと一杯だけいただけますか」と酒をねだったものだから、無理なく笑うことができた。

賊の下より助け出されてからというもの、誰も彼もがお花の顔色を窺《うかが》ってくる。なにも考えずただ座っているだけなのに、「調子はどうだい」と声を掛けられることしばしばだ。無遠慮《ぶえんりょ》な性質《たち》のおえんでさえ、腫《は》れ物に触るように接してくる。

この蓮見だって、お花の心を慰《なぐさ》めるために催《もよお》されているのだ。もっと楽しまないと、早朝からつき合ってくれているご隠居に申し訳ない。ただでさえ不注意に攫われてしまって、大勢の人に迷惑をかけたのだ。

もう一度、お花は蓮池に顔を向ける。その際に、座っている縁台の縁を両手で握った。右の手に、なにかカサリとしたものが触れた。

なんだろうと、緋毛氈をめくってみる。縁台の縁から、小さな枯葉のようなものがぶら下がっていた。

「あ、蓑虫」

うっかり呟いてしまい、只次郎もご隠居も、ぎょっとしたように目を見開く。賊の頭であった、蓑虫の辰を思い起こしたのだろう。

せっかく和《なご》やかに過ごしていたのに、また不用意なひと言で優しい人たちを困らせてしまった。だけど急に話を変えるのもわざとらしく思え、お花は邪気のなさを装《よそお》って尋ねた。

「そういえば蓑虫は、どうして鬼の子というの？」

鬼の子、あるいは鬼の捨て子。蓑虫には、なぜかそんな異名がある。これもまた茗荷のように、いわれがあるのかと気になった。

「ああ、それはきっと『枕草子《まくらのそうし》』だね」

只次郎は、やはり由来を知っていた。気まずくならぬよう笑顔を作り、先を続ける。

「その中に、蓑虫は鬼の子だという一節があるんだよ。それが広まったんじゃないかな」

物覚えの悪いお坊さんの話に比べると、ずいぶんあっさりした説明だ。まだ先があるのかとしばらく待ってみたが、これで終わりのようである。

蓑虫の話はこれでお仕舞いとばかりに、只次郎は蓮の茎を口に含んだ。

だからお花も「ふぅん」と相槌《あいづち》を打っただけで、深く追求しなかった。

三

蓮の盃にたっぷり注がれた酒を二杯飲んでも、只次郎の足取りに変化はなかった。

「旨い、旨い」と喜びつつも、酔っぱらう手前で止めたのだろう。危なげなくお花を『ぜんや』の店先まで送ると、「それじゃあ、私は仕事に行ってくるね」と微笑んだ。

もはや賊に用心して、行動を制限されることもない。只次郎は前にもまして江戸中を飛び回り、仕事に精を出している。今日の出先は、馬喰町《ばくろちょう》の旅人宿だという。

それならば、大伝馬町の菱屋からそのまま向かったほうが近い。だがお花を一人で帰らせるのを嫌がって、只次郎はいったん神田花房町代地《かんだはなぶさちょうだいち》まで戻ってきた。目と鼻の先でお花を攫われてしまったあの出来事が、心に傷を残しているようだった。

「ほら、早く入りなさい」

ここまで来ればもう平気なのに、只次郎はお花が店に入るのを見届けるまで動かない。これ以上心配をかけまいと、お花は素直に障子戸《しょうじど》を引き開けた。

「ありがとう」

只次郎を見上げて、礼を言う。

なにやら奇妙な間が空いてから、只次郎は「行ってくるね」と身を翻《ひるがえ》して出かけていった。

朝が早かったから、まだ昼四つ（午前十時）にもなっていない。いつもなら昼の開店に向けて大忙しな頃合《ころあ》いだけど、弁当を作りながらお菜《さい》の用意もしたらしく、見世《みせ》棚《だな》にはすでに皿が並んでいた。

　それなのに、お妙の姿が見当たらない。小上がりの手前に下駄《げた》が揃《そろ》え置かれており、二階の内所《ないしょ》で休んでいるのだろうと見当をつける。

　近ごろは、お妙もぼんやりしていることが多いのだ。勾引かしのせいで、心労をかけてしまったのがいけないのだと思う。お花が助け出された翌日は、二人とも床《とこ》を上げられずに寝込んでしまった。

　手に提《さ》げていた風呂敷包みを胸に抱き、急な階段をゆっくりと上がってゆく。この季節はまだ、お天道様《てんとさま》が高く昇ると蒸し暑い。二階の二間は風通しのために仕切りの襖《ふすま》が開けられており、お妙は奥の部屋の片隅《かたすみ》にくたりと座っていた。

　文机《ふづくえ》に寄りかかってはいるが、硯《すずり》や筆が出ていないところを見ると、書き物をしていたわけでもない。虚空《こくう》をさまよっていた眼差しがお花を捉《とら》え、ようやく「あら」と正気を取り戻した。

「戻っていたのね、お帰りなさい。蓮は綺麗《きれい》だった？」

「うん。ご隠居さんから、お土産《みやげ》をもらってきた」

　お花はお妙の傍《かたわ》らに風呂敷包みを置き、自らも膝《ひざ》をつく。中身は弁当箱代わりのお重だ。空になったのを綺麗に洗い、そこへご隠居が蓮の実を詰めて持たせてくれた。

蓮の実は、花びらを落としたあとの花床にできる。でこぼこした様子が蜂《はち》の巣のようで、蓮を「はちす」と呼ぶのはそのためだと、ひと目で分かった。

実の大きさは、銀杏《ぎんなん》程度。緑の皮に覆《おお》われており、剝けば生でも食べられる。

「でも生だと少しえぐみがありますから、お妙さんに美味しくしてもらってください」

たとえば塩茹《ゆ》でにすると、豆と栗《くり》の間のような、ほっくりとした舌触りになるという。お妙はころんとした実をつまみ上げ、手のひらの上で転がした。

「そう。あとで茹でてみましょうね」

形のよい手指が、いつもより荒れている。やはり元気がないと感じるけれど、お花にはなにをすればいいのか分からない。

「あの、あのね」

と切り出してはみたものの、続く言葉も見当たらない。

お妙は優しく目を細め、「なぁに?」と微笑みかけてくる。

賊に捕らえられたときは、なにがなんでもこの人の下に帰ると誓《ちか》った。『ぜんや』こそが、自分の家なのだと思った。

それなのに、何度試みてもお妙に向かって「おっ母さん」と呼びかけることができない。

こんな立派な人を、自分のような者が母と慕《した》っていいのだろうか。

お妙の養《やしな》い子になってからずっと、その葛藤《かっとう》は胸の内にある。ぐるぐると渦巻《うずま》いて、あるときは小さく、あるときは苦しいくらい膨《ふく》らんだりもする。今はそれが、ぱんぱんに膨らんでいる。

賊から助け出される際に、只次郎のことをとっさに「お父つぁん」と呼んでいた。只次郎が来てくれたという安堵《あんど》と、七声の佐助を庇《かば》わねばという焦《あせ》りから、気がつけば大きな声で叫んでいた。

あれ以来、只次郎はまた「お父つぁん」と呼んでもらえまいかと心待ちにしている。さっき店の前で別れたときに、奇妙な間が空いたのはそのせいだ。呼んでほしいと言葉にして言われたわけではないが、そのくらいは気配で分かる。

お花だって、べつに出し惜《お》しみをするつもりはないのだけれど。お妙を「おっ母さん」と呼べないかぎり、只次郎だけを贔屓《ひいき》するのは気が引けた。

「ええっと、大家さんのところへ、草紙《そうし》を見にいってもいい？」

さんざん迷った挙句《あげく》、まったく関《かか》わりのないことを尋ねてしまった。

店が開くまでは、まだ間がある。すぐそこにある大家の家なら、誰に心配をかけることもない。

お妙にはお花がなにかを言い淀《よど》んで諦《あきら》めたことくらい、伝わっているはずだ。けれども無理に聞き出そうとせず、「行ってらっしゃい」と送り出してくれた。

おえんたちが住まう裏店《うらだな》を挟んだ向こう側に、この一帯を差配する大家の家はある。開け放たれた戸口からそろりと顔を覗《のぞ》かせると、中はずいぶん薄暗い。そもそも入り口には葦簀《よしず》が立てかけられており、あまり日が入らぬよう配慮されている。

穴倉のような中の造りは、『春告堂《しゅんこくどう》』とほぼ同じ。土間と店の間となる座敷があり、違いがあるとすれば壁際に設けられた棚のみだ。そこには草紙の類《たぐい》が積み上げられて、床にまで雪崩《なだ》れ込んでいる。

大家の家は、貸本屋だ。見たところ店の中には、白い猫がうずくまっているばかり。

「ごめんください」と声をかけてみるも、返事はない。

二階にも、誰もいないのだろうか。だけど戸口は開けっ放しだ。お花はもう少し、声を張り上げてみた。

「あの、すみません」

「うわっ！」

とたんに、床に雪崩れた草紙が盛り上がる。安眠を貪《むさぼ》っていた猫が、驚いて飛び上がった。草紙の下から現れたのは、髻《もとどり》の痩《や》せた小男だ。

「ああ、大家さん」

まさかそんなところに埋もれていたとは。どうやら本を読んでいる間にうとうとしてしまい、そこへ積み上げた草紙が雪崩れてきたようだ。

小さな目をぱちぱちと瞬《しばた》いて、大家は首を突き出すようにしてこちらを見た。

「なんだ、アンタか」

そう言うと、いかにも煩《わずら》わしげに欠伸《あくび》を一つ。おそらくは、店子《たなこ》の名前を憶《おぼ》えていない。けれども妙に気を遣われるよりは、この扱いのほうがいくらかましだ。勾引かしに遭ってからというもの、お花に対する態度が前と変わらないのは、人相見のお銀《ぎん》とこの人嫌いの大家だけだった。

「なんの用だ。うちには役者絵なんざ置いてねぇよ」

普段から客あしらいを任されているおかみさんは、留守《るす》のようだ。大家は聞こえるかどうかという小声で、ぶつぶつと悪態《あくたい》をつく。おかみさんがいなければ貸本屋など、早々に潰《つぶ》れてしまうだろう。

「『枕草子』を読みたいんだけど、ここにある?」

だがお花がそう尋ねたとたん、大家の目の色が変わった。瞳《ひとみ》の奥で、なにかがきらりと光ったようだ。

「『春曙抄《しゅんしょしょう》』ならある」

『枕草子』ならともかく、そちらの書名には聞き覚えがない。

「なぁに、それ」

首を傾げて戸惑うお花に向けて、大家は「上がんな」と顎《あご》をしゃくった。

『春曙抄』は、正しくは『枕草子春曙抄』。歌人であった北村季吟《きたむらきぎん》が著《あらわ》した『枕草子』の注釈書で、全十二巻という分量がある。

そんな説明を加えながら、大家は棚から抜き出してきた草紙を、座敷に座るお花の前にずらりと並べた。

中をちらりと開けてみて、びっしりと並んだ細かい文字に頭がくらくらする。お妙や只次郎のお陰《かげ》で読み書きはできるようになったが、得意というほどではない。本を読むといってもせいぜいが、挿絵の多い絵草紙くらいのものである。

『春曙抄』の一巻は、親切にも清少納言《せいしょうなごん》の解説にはじまっている。そう言って、止める間もなく大家が中身を読み上げはじめた。

「枕草子は、清少納言の筆作也《なり》。少納言は、清原《きよはら》ノ元輔《もとすけ》のむすめなれば、その姓《しやう》を用ひて、清少納言といへり――」

面食らうお花に目もくれず、どんどん読み進めて勝手に注釈を加えてゆく。人と接するのを嫌うくせに、本の話をはじめると止まらぬらしい。

このお喋《しゃべ》りにつき合っていたら、日が暮れてしまいそうだ。申し訳ないと思いつつも、お花は切れ目なく喋り続ける大家を遮《さえぎ》る。

「ちょっと待って、違うの。蓑虫は鬼の子だって書いてあるところだけ読みたいの」

「ああ、それなら三巻だったかな」

まさか十二巻もあるのに、どこになにが書かれているか覚えているのか。

大家は猫背になって冊子をめくり、「あった、これだ」と、目当ての箇所《かしょ》を指差した。

しかもご丁寧《ていねい》に、読み上げてくれる。

「蓑虫いとあはれなり。鬼の生みければ、親に似て、これも恐ろしき心地ぞあらんとて、親の悪《あ》しき衣《きぬ》ひき着せて、『今秋風吹かん折にぞ来《こ》んずる、待てよ』と言ひて逃げて去《い》にけるも知らず、風の音聞き知りて、八月《はつき》ばかりになれば、『ちちよ、ちちよ』とはかなげに鳴く、いみじくあはれなり」

大家が読み聞かせるのを聞きながら、お花も自ら文字を追う。しかし平安の昔に書かれたものは言い回しが難しく、しだいに眉根が寄ってゆく。

「つまり、どういうこと？」

本の話題であれば、大家は人と話すのを億劫《おっくう》がらない。「ようするにな」と、中身を噛《か》み砕《くだ》いて教えてくれた。

「蓑虫は鬼が生んだ子だが、『この子も自分と同じように、恐ろしい心を持っているだろう』と親鬼に恐れられて捨てられちまう。蓑虫はそうとも知らず、秋風が吹くころに迎えにくるって言葉を信じて待っていたが、いよいよ秋になっちまって、『父よ、父よ』と呼ぶわけだ。その様が憐《あわ》れだという話だよ」

その解説を聞くうちに、胸がざわざわと騒ぎだす。だんだん苦しくなってきて、お花は胸元をぎゅっと握った。

「鬼は、子を慈《いつく》しめないの？」

問いかける声は、情けないほど震えている。

大家はお花の異変に気づかぬまま、平然と答えた。

「そりゃまぁ、長じりゃ鬼になるからな」

鬼の子は、やはり鬼。それゆえに、親にすら疎《うと》まれる。

「そっか」と、震えながらも腑に落ちた。

只次郎が『枕草子』について詳しく話さなかったわけが、よく分かった。

## 四

なおいっそう頭がぼんやりして、うまくものが考えられない。

足取りもふわふわと、まるで雲を踏んでいるかのようだ。途中でおかやに声をかけられた気がしたけれど、もしかすると空耳だったかもしれない。

なんだかお妙に合わせる顔がない。だが他に行くべきところもなく、お花は『ぜんや』の勝手口を開けた。

そのとたん、甘い香りに包まれる。店はまだ開いていないが、お妙が調理場に立ち、鍋《なべ》を火にかけていた。

「お帰りなさい。ちょうど今できたところよ」

ご隠居にもらった蓮の実を、煮ていたらしい。鍋の中身が、深めの鉢《はち》に移される。

「蜜煮《みつに》にしてみたの。少しだけつまんでみない？」

見世棚に深鉢を置いてから、お妙がこちらを振り返った。お花の顔に目を留めて、ぎょっとして駆け寄ってくる。

「どうしたの、真っ青じゃない。気分が悪いの?」

ひやりとした手が、お花の両頰を包み込む。

多くの人を、料理で幸せにできる手だ。お花はぐっと眉を寄せ、この手に縋《すが》りたい気持ちを堪《こら》える。

「お妙さん、駄目。私はしょせん、鬼の子なの」

「なにを言ってるの」

自分でも、混乱しているのが分かる。これ以上おかしなことを口走って、お妙を困らせたくはない。そう思うのに、体の震えが止まらない。

「だって、死んだおっ母さんは鬼だもの。子の私だって、鬼に決まってる」

賊どもに捕まり、そこにお槇の姿を見つけたとき、この人は人の皮を被《かぶ》って生まれてしまった鬼なのだと気がついた。けれどもまだ、考えが足りなかった。雀《すずめ》の子は雀だし、猫の子だって猫にしかなり得ない。

だったら鬼の子は、鬼ではないか。

「そんなわけないでしょう」

お妙が真剣な眼差しで、瞳の中を覗き込んでくる。その美しい面差《おもざ》しが、盛り上がった涙に掻き消されてゆく。

息が苦しくなってきて、お花は喘《あえ》ぐように叫んだ。

「ううん、そうなの。だって私おっ母さんが死んだって聞いたとき、ほっとしたの」

お槙の死を、悲しめないどころの話じゃない。その死をお妙から聞かされて、まず真っ先にお花はこう思った。

よかった。これでもうあの人に、煩わされなくてすむ。

実の母が磔にされても悼《いた》むことなく、この胸にあったのは微かな喜びだった。これぞまさに、「恐ろしき心地」ではないか。親の死を喜ぶような者が、まともな人であるはずがない。

お妙を母と慕う気持ちに、迷いがあるのも道理である。だって自分は、鬼なのだから。菩薩のようだと評されるお妙の、子になれるわけがなかった。

「なにもおかしくないわ。お花ちゃんは、それだけのことをされてきたんだから」

「嘘だ。私には、人の心がないんだ」

料理だって教えられたとおりに作っても、お妙のようには美味しくならない。それはきっと食べる人を思う、真心のようなものが欠《か》けているからだ。

胃の底が痙攣《けいれん》して、このままではせり上がって出てきそうだ。お花は堪えきれずに天を仰ぎ、大声を放って泣きだした。荒れ狂う感情の波に、抗《あらが》うことなく身を任せた。お妙にぎゅっと、抱きしめられる。さっきまで火を使っていたせいか少し汗ばんでいて、首元から甘いにおいがしている。この温《ぬく》もりを、本当は手放したくない。だけどいつかお妙にまで、「恐ろしき心地」を向けてしまったら？　そう思うと、心穏やかではいられない。

「だったら、私も同じ。私だって鬼だわ」

耳元で、思いがけぬことを囁《ささや》かれた。お妙の声も、無理に絞り出したかのように苦しげだ。

お花は放心したまま首を振る。よりにもよってお妙が、鬼なんぞであるはずがない。

背中に回された腕に、よりいっそう力がこもる。お妙もまた、泣いているようだった。

「同じなのよ。私もついこの間、人の死を喜んだんだから」

濡《ぬ》れた手拭《てぬぐ》いを目元に当て、そこにわだかまる熱を逃がす。

大声を放ったせいでこめかみが痛く、顔などきっと倍くらいに腫れている。それなのに床几《しょうぎ》に座ってじっとしていると、心地よい疲れが全身に広がってゆくようだった。

「うん、だいぶ腫れが治まってきたわね」

手拭いを取り、お妙が顔を覗き込んでくる。その睫毛《まつげ》も、まだ微かに濡れている。知らなかった。大声で泣くと、萎《しお》れるのもまた早い。体力が続かなくて、すぐにぐずぐずとしゃくり上げるだけになってしまった。

その余波も、だんだん落ち着いてきた。お妙が手拭いを握ったまま、隣に座る。肩と肩が触れ合って、互いの温もりがじわりと広がってゆく。

「愉快《ゆかい》な話じゃないけど、聞いてくれる？」

こんなふうに、お妙が自分のことを話そうとするのも珍しい。軽く居住まいを正してから、お花は「うん」と頷いた。

お妙はしばらく、手拭いを畳《たた》み直すなどして弄《もてあそ》んでいた。やがて覚悟を決めたように、語りはじめる。

「柳井様が教えてくれたの。蓑虫の辰が、尋問《じんもん》されてこう言ったんですって。初仕事は、堺《さかい》の医者殺しだったって」

お花はお妙の過去に、あまり詳しくはない。それでも堺の出であることや、父親が医者だったことくらいは知っている。

治まりはじめていた胸の鼓動が、またもや速くなってくる。だってお花は、捕らわれているときたしかに聞いた。蓑虫の辰は上方の出で、初仕事を「寄せ集めのケチな仕事」と評していた。

「私のふた親はね、押し込みに遭って死んでいるの。家に火をつけられて、私も危うく死ぬところだった」

　先ほどとはうって変わって、お妙の口調は落ち着いている。だからよけいに、その先を聞くのが恐ろしかった。

　蓑虫の辰が取り調べで語ったところによると、初仕事は十七歳。ちょうどお妙の家が押し込みに遭ったのと、同じころであるという。となればお妙の親を殺したのは、蓑虫の辰でほぼ間違いがなかった。

「だからね、ひと目顔を拝んでやろうと思って。まだ暗いうちから起きだして、見に行ったのよ、小塚原に」

　言われてみれば朝起きたとき、お妙がどこにもいない日があった。しばらくすると外から帰ってきて、早く目が覚《さ》めてしまったからそぞろ歩きをしていたのだと言っていた。

　磔にされた罪人は、そのままの姿で三日間晒される。あのときお妙は、小塚原まで足を延ばしていたのだろう。

「正直なところ、ざまあ見ろと思ったわ。石でも拾って、投げつけてやりたいくらいだった。実際に烏《からす》が大きな声で鳴かなければ、投げつけていたかもしれない」

お花に配慮してか、お妙は見るも無残な遺体の様子については、ひと言も触れなかった。蓑虫の辰の隣には、お槇も晒されていたはずだ。だがお花もべつに、詳しく聞きだす気にはなれなかった。

「たとえ罪人といっても、人の死を喜ぶなんてね。それどころか石を投げたいだなんて、自分でもびっくりしたわ」

「ただの罪人じゃないでしょう。親の仇《かたき》でしょう」

「そうかもね。だけど屍《しかばね》を辱《はずかし》めてやろうと思うなんて、やっぱりおかしいわ。だからね、私も鬼なの」

このところお妙が、ぼんやりしていたのはそのせいだ。憎しみに踊《おど》らされた自分自身に、良心の呵責《かしゃく》を感じていた。日々の献立《こんだて》に茗荷がよく使われていたのも、醜《みにく》い感情を手放したかったからかもしれない。

「お妙さんは、鬼なんかじゃないよ」

本物の鬼は——たとえばお槇は、そんなことに悩まない。猿轡《さるぐつわ》を嚙まされたお花に酒を注ぎかけてきたときの、楽しげな顔が頭に浮かぶ。あんなものとお妙が、同じものであるはずがない。

しかしお妙は、「いいえ」と首を振る。

「きっと鬼は、すべての人の心にいるのよ。とても乱暴だったり、大人しかったり、制御できたり、ふとした拍子に目覚めてしまったり。そういった違いがあるだけで、鬼がいることに変わりはないの」

そうなのだろうか。心に冷酷な鬼がいるのは、本当にお花だけではないのか。

「だったら、只次郎さんにも？」

「もちろんよ。あの人はお花ちゃんが無事に戻らなかったら、残酷な鬼になっていたと思うわ」

そう言われて思い出した。六尺棒を振りかぶり七声の佐助に躍りかかった只次郎の表情は、憎悪にまみれていた。

きっとあのまま佐助の頭をかち割って、殺してしまってもいいと思っていたに違いない。只次郎だって、ただ優しいだけの人ではないのだ。

「なんだか、恐《こわ》いね」

「そうね。私たち、鬼の親子ね」

救いを求めて、お妙に向かって手を伸ばしていた。手拭いを置いて、お妙が握り返してくる。

「三人いれば、大丈夫。それぞれの鬼が育ちすぎないように、見張っていましょう」

なんだかそれは、只次郎が言いそうな台詞《せりふ》だった。

そう指摘してやると、お妙は「あら」と苦笑する。

「長く一緒にいると、感化されてしまうのね」

ならばお花も、今よりもっとましな者になれるだろうか。もしも変わってゆけるなら、自分のことを少しは好きになってみたかった。

「さぁ、そろそろお勝《かつ》ねえさんが来る頃合いね」

泣いたり笑ったりしているうちに、昼近くになっていた。給仕のお勝がやって来たら、さほどの時を置かずして常連の魚河岸《うおがし》連中が押しかけてくる。今日もまた、忙しくなりそうだ。

お花の手をもう一度きゅっと握ってから、お妙が「さて」と立ち上がる。それから少し、悪戯《いたずら》っぽく笑った。

「その前に、蓮の実を味見してみない？」

蓮の実の蜜煮を小皿に取り分けて、楊枝《ようじ》を添える。

行儀《ぎょうぎ》は悪いが見世棚の前に立ったまま、呼吸を合わせて二人同時に口に含む。

蓮の実を食べるのははじめてだ。お妙も食べたことがないらしく、まずは無言で味わってみる。

砂糖と味醂で煮られた実はほんのり甘い。栗よりは水っぽいが、ほくほくした食感にこの甘さが絶妙に合う。

だがしばらくするとお花は「うっ」と呟き、お妙と顔を見合わせた。

「これはちょっと、苦い?」

「ええ、苦みのある部位があるわね」

ためしに二個目の蓮の実を、前歯で齧って割ってみた。

すると実の真ん中に、小さな芽のようなものが埋まっている。これが苦みの元のようだ。

「なるほど。煮る前に、これを取っておかなきゃいけなかったのね」

お妙が顔を寄せてきて、お花の手元を覗き込む。甘く仕上げたい蜜煮なら、必要な手順である。

半分になった残りの実を口に放り込み、ゆっくりと咀嚼《そしゃく》する。さっきは思いがけぬ苦みに驚いたが、これはこれで悪くない。

「平気？　無理をしなくていいのよ」

「ううん、美味しい」

蕗《ふき》の薹《とう》や栄螺《さざえ》の肝《きも》といった、苦みのある食べ物があまり得意ではないはずだった。

でもいつの間にか、苦みも一つの味と捉えられるようになってきている。

強がりではない証拠に、お花は三つ目の実を口に入れた。周りが甘く、真ん中はほろ苦い。人の心だってもし齧れるなら、こんな味がするのではないだろうか。

「ねぇ、お妙さん」

「なぁに？」

これからは、おっ母さんって呼んでいい？

言葉にしてそう尋ねるのは、やはり気後《きおく》れがしてしまう。

だけど無理をしなくても、そのうち自然と呼べるようになる。

そんなふうに、やっと思えた。

# 別離

# 一

ふと見上げた空が、やけに高い。

夏の日の目に痛いような青ではなく、澄《す》み切った色である。あまりの清々《すがすが》しさに、熊吉《くまきち》は胸いっぱいに息を吸い込んで吐き出した。

忙しさに取り紛《まぎ》れ、いつの間にやら季節が先に進んでいる。指折り数えてみれば、すでに葉月《はづき》二十日。秋の彼岸《ひがん》もとうに過ぎ、朝晩の風の冷たさに驚かされる。

そろそろ単衣《ひとえ》じゃ肌寒《はだざみ》ぃな。

とはいえ、外回りの仕事にはありがたい頃合《ころあ》いだ。若くとも炎天下を歩き回るのは体にこたえるし、突然の夕立には何度泣かされてきたことか。湿気を嫌う生薬《きぐすり》と蒸し暑い夏は、とかく相性が悪い。

それにこの夏は、不穏な出来事が起こりすぎた。うだるような暑さが去ると共に、穏やかな日常が戻ってきたように思える。

少なくとも、表向きは。

空を見上げる目の端を、ちらりと気がかりなものがかすめる。慌てて視線を下げてみれば、道端に遊ぶ子らの姿があった。そのうちの一人が、俵屋《たわらや》のお仕着せに似た格子縞《こうしじま》を身に着けている。

だがじっくり見てみると、組み合わさる縞の数が違うようだ。口元に、じわりと苦々しい笑みが広がる。

あいつがこのお仕着せを着ることは、もう二度とないってのにさ。

行方《ゆくえ》をくらましたかつての友の、足跡はいまだ知れぬままであった。

気候のよさをありがたく感じるのは、なにも外回りの奉公人にかぎったことではない。

そぞろ歩きのついでに寛永寺詣《かんえいじまい》りでもするつもりなのか、御成《おなり》街道はずいぶんな人出である。楓《かえで》が色づくにはまだ早いが、山漆《やまうるし》や真弓《まゆみ》などはひと足先に錦《にしき》の衣をまとっている。特に今日は秋晴れで、行楽にはうってつけの日和《ひより》であった。

こっちには、早めに回ってきてよかったな。

そう思いながら、神田花房町代地《かんだはなぶさちょうだいち》の表店《おもてだな》の前に足を止める。まだ昼四つ（午前十時）にもなっておらず、『ぜんや』の戸はぴたりと閉じられている。

しかし調理場では、下拵《したごしら》えの真《ま》っ只中《ただなか》なのだろう。煙出《けむだ》しの窓からは、醤油《しょうゆ》の香りのする湯気が立ち昇っている。

「邪魔するよ」

ひと声かけて、引き戸を開く。昼を過ぎれば客でごった返すであろう店土間は、湿り気を帯《お》びてしんとしている。竈《かまど》にかけられた鍋《なべ》だけが、ぐつぐつと旨《うま》そうな音を立てていた。

「あっ、熊ちゃん」

調理場の床にしゃがんでいたらしく、お花《はな》が見世棚《みせだな》の向こうからひょっこりと顔を出す。お妙《たえ》もまた青菜が入った笊《ざる》を手に、勝手口から戻ってきた。

「あら、いらっしゃい」

「ちょうどよかった！」

お妙とお花の声が重なる。勝手知ったる熊吉は、背中の荷をいったん小上がりに下ろしてコキッと肩を鳴らした。

「なんだい、オイラに用でもあるのかい」

「そういうわけじゃないけど、ちょうど蒸らし終えたところだったから」

なにをと開く前に、お花は大振りの土鍋を見世棚に置いた。そのまま布巾《ふきん》で持ち手を包むようにして、蓋《ふた》を取り去る。

首を伸ばして覗《のぞ》き込んでみると、鍋の中が金色に輝いて見えた。

「おお、こりゃあ豪勢だ」

黄金の輝きは、栗《くり》と銀杏《ぎんなん》だ。お花が杓文字《しゃもじ》を手に取って、さっくりと混ぜ合わせる。下に隠れていた米には、ほどよくおこげができている。

「栗ご飯も銀杏飯も毎年作るけど、二つを合わせてみたらどうかなと思って」

客が来る前にその思いつきを、試してみることにしたのだろう。秋の味覚が手を取り合って、こんなものは旨いに決まっている。

「味見、するでしょう」

仕事のため『ぜんや』に顔を出すと、いつもお菜《さい》や飯を振舞ってくれる。金も払っていないのにと申し訳なく感じていたが、味見とくれば話は別だ。

熊吉は売れ残りの龍気補養丹《りゅうきほようたん》の数を数えながら、「もちろんだ」と頷《うなず》いた。

ぐつぐつと煮えていた鍋の中身は、山椒《さんしょう》の実の佃煮《つくだに》だったらしい。

小皿にそれを取り分けて、お花が「どうぞ」と茶碗《ちゃわん》に添える。味見と言いつつも、飯は茶碗にこんもりと盛られていた。

「ああ、すまねぇな」

ひと仕事を終えて、熊吉は小上がりの縁《へり》に座る。お花とお妙も「味見」をするつもりのようで、床几《しょうぎ》に並んで腰かけた。

茶碗を手に取り、鼻先に近づける。銀杏といえば強烈なにおいがするものだが、こうして火を入れてしまうとよい風味になるのが不思議だ。ほっくりとした栗の香りと合わさって、口の中に唾《つば》が湧《わ》いてくる。

我慢《がまん》できずにひと口、ふた口と頬張《ほおば》ると、まずはそれらの香りが湯気と共に鼻に抜けた。

噛《か》み締めれば噛み締めるほど、香りと甘みがにじみ出る。味つけの醤油は気持ち程度にしか入っておらず、米と栗と銀杏の、本来の味がよく活《い》かされている。

ふと思いついて山椒の実の佃煮をちょんと載せ、掻《か》き込んでみると、さらに箸《はし》が止まらなくなった。甘辛く煮られた山椒のぴりりとした風味が舌に残り、これはもはや飯泥棒《めしどろぼう》だ。茶碗の中身が、みるみるうちに減ってゆく。

「うん、やっぱり美味《おい》しいね」

「ええ。栗も銀杏も、互いの味を邪魔しないわね」

床几に並んだお花とお妙が、飯を食べながら思うところを言い合っている。

秋が深まりつつあるせいか、賊《ぞく》どもから助け出された後しばらくぼんやりしていたお花にも、食い気が戻ってきたようである。やつれていた頰も丸くなり、血色がよくなった。

熊吉が思っていた以上に、立ち直りが早い。実母が磔刑《たっけい》に処されたと告《つ》げるのはあまりに酷《こく》だと、只次郎《ただじろう》だけは最後まで反対していたが、お花だってもはや幼い子供ではないのだ。再三の裏切りに、心の中ではすでにお槇《まき》のことを見限っていたのかもしれなかった。

「もう少し、具を増やしてもいいかもね」

「そうね、茸《きのこ》を入れると風味も増すわ」

「彩《いろど》りに、人参《にんじん》とか」

「ああ、それなら紅葉《もみじ》の形に飾《かざ》り切りをするのはどう？」

「えっ、紅葉も作れるの？」

お花が目を輝かせ、お妙の顔を見上げる。近ごろは二人の間にわだかまっていた遠《えん》慮《りょ》の角が、取れてきたように思える。

「むしろ、ねじり梅より簡単よ。後でやってみましょう」

「うん。さすが、おっ妙さん！」

炊《た》き込み飯の最後のひと口を、危うく噴き出しそうになった。

お妙のことを、いつか「おっ母《か》さん」と呼べるようになりたい。お花が照れたようにそう耳打ちしてきたのは、ひと月ほど前のことである。

以前は畏《おそ》れ多くてとても呼べないと言っていたのに、彼女も前向きに変わろうとしているのだ。その変化は熊吉にとってもとても喜ばしく、「まぁ頑張んな」と励《はげ》ましたのだが。

まったくこいつは、不器用だなぁ。

何度も「おっ母さん」と呼ぼうとして、失敗している。さらりと口にしてしまえばいいものを、変に意気込むからいけないのだ。

「あら熊ちゃん、噎《む》せてしまったの。大丈夫？」

お妙が小首を傾《かし》げ、こちらに注意を向けてくる。その眼差《まなざ》しに、「余計なことは言わないでね」と念を押された。

お花の必死の試みに、お妙が気づかぬはずがない。それでも下手《へた》に促さず、気長に待つつもりのようだ。だとしても、よくぞ笑わずにいられるものである。

唇《くちびる》の端が持ち上がりそうになり、熊吉は口元を手で隠す。空咳《からぜき》を何度かしてから、頷き返した。

「ああ、すまねぇ」

「んもう、急いで食べるからよ」

内心を見透《みす》かされているとも知らず、お花がこまっしゃくれたことを言うものだから、笑いを堪《こら》えるのが大変だ。肩が小刻《こきざ》みに震えてしまい、これ以上はごまかせそうにない。

とそこへ、天の助け。表戸ががらりと開き、只次郎が顔を出した。

「それじゃ、商《あきな》い指南に行ってきますね」

どうやらこれから、仕事に出るところらしい。だが食べ物に目聡《めざと》い只次郎。その両目はすぐさま、お妙とお花が手にしている茶碗へと吸い寄せられた。

「おや、なんだか旨そうなものを食べていますね」

客を待たせているはずなのに、ずずいと店の中に入ってくる。

「栗と銀杏の炊き込み飯だ。旨かったよ」

そう言ってやると、只次郎は「なんと！」と喜色を露《あら》わにした。

口中にはすでに、唾が湧いているはずだ。やれやれとばかりに、お妙が立ち上がる。

「お握りにしますから、持って行ってください」

「私は、竹皮の用意をするね」

お花もまた、続いて調理場へと入って行った。

握り飯などを包む竹の皮は、使う前にしばらく水で戻しておかねばならない。はじめから只次郎に弁当を持たせるつもりでいたらしく、お花は小さな桶《おけ》の中から水を含んでしんなりとした竹皮を取り出した。

「熊ちゃんも、持ってくでしょう？」

炊き込み飯は少なくとも、二人分の弁当を作るくらいは残っているようだ。この後気の進まぬ使いを済ませねばならず、憂《う》さ晴らしのためにも懐《ふところ》に旨いものがあるとありがたい。熊吉は素直に頷いた。

「あ、お花ちゃん。先に竹皮の端を切って、包みを結ぶための紐《ひも》を作っておかないと」

「そうだった。ありがとう、おっ、たさん」

おおっと、今のは惜《お》しい。「た」を「か」に変えるだけでよかったのに。

そう思うとまた可笑《おか》しみが込み上げて、熊吉は慌ててそっぽを向いた。

顔を向けた先にいる只次郎も、微笑《ほほえ》ましげに目元を緩めている。この男もまたお花が「おっ母さん」と呼べるまで、静かに見守るつもりのようだ。それだけでなく自分も近いうちに「お父《とっ》つぁん」と呼んでもらえるのではないかと、期待に胸を膨《ふく》らませているのが見て取れた。

お妙が手早く握り飯をこしらえて、それをお花が包んでゆく。竹皮から切り出した紐でしっかり結び、見世棚越しに包みを差し出した。

「はい、只次郎さん」

言い惑《まど》う様子もなく名を呼ばれ、只次郎の微笑みがわずかに陰《かげ》る。

またもや熊吉は、笑いを堪えるのに難儀する羽目《はめ》になった。

二

小腹が満たされたところで、気の進まぬ使いを済ませてしまうとするか。

懐に入れた包みは、まだほんのりと温かい。この温《ぬく》もりがあるうちに、託《たく》された手紙を渡してしまおう。

腹を決めて、熊吉は日本橋《にほんばし》方面へと歩きだす。一日千両の魚河岸《うおがし》が近づくにつれ、人を避けるようにしなければ前に進めなくなってくる。背中の荷を庇《かば》いつつ、どうにかこうにか目当ての店にたどり着いた。

「いらっしゃい。あら、熊吉さんじゃないの」

小さな手炙《てあぶ》りに炭をつぎ足していた娘が、来客に気づいて顔を上げた。梅の飾りがついたびらびら簪《かんざし》が、その眦《まなじり》に揺れている。質のいい海苔《のり》の香りに満たされた、本船町《ほんふなちょう》の宝屋《たからや》である。

気風《きっぷ》のいいおかみさんは留守《るす》らしく、看板娘のお梅《うめ》が店番をしていたようだ。手にした火箸《ひばし》を脇《わき》に置いて、「海苔食べる?」と聞いてくる。

軽く炙ったこの店の海苔は実に旨いが、今は口の中がからからに乾いている。

「いや、いい」と答え、熊吉は首を振った。

「そう。お花ちゃんは元気?」

「ああ、さっき会ってきたところだ。お妙さんと笑い合ってたよ」

「そっか、ならよかった」

お花が勾引《かどわ》かされた際には宝屋のおかみさんも捜索に加わってくれたから、お梅もだいたいの事情は知っている。俵屋が賊に狙《ねら》われたことや、下手をすれば旦那衆《だんな》が附子《ぶす》入りの酒を飲まされていたかもしれぬこと。そのせいで俵屋から申し入れた縁談が、宙に浮いていることだって。

己の身の振りかたが決まらないのに、お梅はそれよりも、お花の心配をしているようだ。注文の海苔を届けるという名目で、何度か会いに行ってもいる。勝ち気なところはあるが、心根の優しい娘である。

だからこそ、若旦那様にはもうひと踏《ふ》ん張りしてもらいたかったんだけどなぁ。

歳《とし》は十七と若くとも、お梅ならば日向水《ひなたみず》のようだと揶揄《やゆ》されがちな若旦那に寄り添って、支えとなることができるだろう。叶《かな》うことならば託された手紙を、彼女に渡したくはなかった。

「それで、熊吉さんはどうしたの？」

用向きを尋《たず》ねられ、もはやここまでと覚悟を決める。熊吉は背中の荷をいったん下ろし、一通の手紙を取り出した。

「若旦那様から、預かってきた。必ず読んでくださいとさ」

内容は、当の若旦那から聞いて知っている。俵屋との縁談を、なかったことにしてほしいという申し入れだ。

俵屋を逆恨《さかうら》みし、賊の手引までした長吉《ちょうきち》は、いまだ捕まっていない。この先も狙われることがあるやもしれず、そんな危ない家には嫁《よめ》に来てもらえないだろう。お梅に非のあることではないから、詫《わ》び金は求められるだけ用意する。だからどうか、縁談は断ってほしい。

そういったことが、書き綴《つづ》られているはずだった。

熊吉の顔色から、察するものがあったのだろう。お梅は頬を硬くして、手紙を受け取る。

「すぐ読むから、ちょっと待って」

できることなら後で読んでおかみさんと話し合ってほしいのだが、お梅は熊吉を手ぶらで帰すつもりはないようだ。客足が途切れているのをいいことに、上包みを取り去って手紙を読みはじめた。

読み進めるうちに、眉根《まゆね》がどんどん真ん中に寄ってゆく。頭に血が昇ってきたらしく、頬にも赤みが差している。

お梅にしてみれば、失礼な話だ。俵屋から縁談を申し入れてきたくせに、勝手な都合で御破算にしようというのだから、怒るのも無理はない。

最後まで読み終えると、お梅は身の内の怒りを逃がすかのように深々と息をついた。

「ねぇ、こういう手紙って普通は、おっ母さんに渡さない？」

縁談の申し込みのときは通例どおり仲人《なこうど》を立てて、宝屋のおかみさんに話を通したはずである。ならば破談にするときも、そうするのが筋だと熊吉にも分かっているのだが。

「縁談は、俵屋の旦那様から持ち上がったものだろう。この手紙は、若旦那様からであって――」

自分でも納得がいっていないせいで、歯切れが悪くなってしまう。

そんな熊吉の戸惑いに気づいたか、お梅は「そう」と力強く頷いた。

「分かったわ。つまりこれは、旦那様の考えではないわけね。若旦那様の勝手で、しかもアタシから断るよう仕向けてるのね」

黒目がちの双眸《そうぼう》が、挑むような光を放っている。その眼差しに気圧《けお》されて、熊吉はこくりと首肯《しゅこう》してしまった。

広げた手紙を畳《たた》みながら、お梅は軽く肩をすくめてみせる。

「あのねアタシ、そんなに鈍《にぶ》くはないつもりなの。いくらうちの本家と繋《つな》ぎを取った礼だからって、なんとも思っていない女に小町紅《こまちべに》を贈《おく》るような男の人なんかいないでしょ」

そりゃあそうだと、熊吉も思う。高価な京土産《きょうみやげ》の小町紅。しかも大振りな蛤《はまぐり》の殻《から》を器にしており、殻の外側には漆まで塗られていた。あんなものが、ただの返礼品であるはずがない。

「若旦那様はアタシのことを、憎からず想《おも》っているはずよ。そうでしょう?」

お梅は恥《は》じらう素振りもなく、胸を張ってそう言った。物怖《ものお》じしないところが、養《やしな》い親のおかみさんによく似ている。

若旦那がお梅に惚《ほ》れている点については、今さら嘘《うそ》をついてもしょうがない。

「ああ、そのとおりだ」

「だったらなぜ、こんな手紙を寄越《よこ》してくるの？」

「そりゃあ、お梅さんを危険に巻き込みたくねぇからだろう」

「ふぅん」

視線を落とし、お梅はしばらく畳んだ手紙を胸に押しつけるようにしていた。

若旦那の手蹟《しゅせき》は流れるように美しい。そのひと文字ひと文字を、胸に染み込ませんとしているようだった。

やがて唇をきゅっと結び、顔を上げる。その瞳《ひとみ》には揺るがぬ芯《しん》がある。

「あのねアタシ、この縁談はお断りするつもりでいたの。だって俵屋さんとうちじゃ、どう考えても釣《つ》り合わないもの」

身代《しんだい》の差など、べつに気にすることはない。旦那様はそう考えているようだが、お梅としては気にならぬはずがない。

家柄云々《うんぬん》は別にしても、俵屋に嫁《とつ》げばこんなふうに、表に出ることがなくなる。店のことは男たちに任せて屋敷の奥に腰を落ち着け、女中を差配するのが仕事となる。

気軽に他出はできないし、できたとしてもお供がつく。

裕福と引き換えに、ついて回る息苦しさ。そういったものを、お梅が是《ぜ》とするとは思えなかった。

「それに、若旦那様もなんだか煮え切らないしね」

「すまねぇ。あの人は、女に対して奥手すぎるだけなんだ」

「でしょうね。正直なところ、ちょっと物足《ものた》りないと思ってたわ」

口の立つお梅は、容赦《ようしゃ》がない。だが女性の目から見れば、そのとおりだろう。思い人への土産を奉公人に託そうとする男など、熊吉が女であっても恋仲にはなれそうにない。

「だけど、今さっき気が変わったわ」

てっきり断りの文句を並べ立てられるのだと、覚悟していた。それなのに、急に風向きが変わったようだ。

「へっ？」と呟《つぶや》き、熊吉は目をぱちくりさせる。

お梅はにやりと、唇の端を持ち上げて笑った。

「アタシを危険に巻き込みたくないなんて言われたら、ぐっときちゃうじゃない」

それを言ったのは熊吉だが、お梅は若旦那の言葉として受け取ったようだ。

手紙を抱きしめるようにして、お梅ははっきりとこう宣言した。

「ねぇ、熊吉さん。若旦那様にお伝えして。アタシから縁談を断る気持ちは一切ありませんから、どうぞよろしくってね」


「おお、そりゃあ威勢のいいこった」

明るい日差しに満たされた部屋に、含むところのない笑い声が響き渡る。

大田南畝《おおたなんぽ》にもらったという書が飾られた床《とこ》の間を背に、升川屋《ますかわや》が腹を抱えている。

薬酒用の生薬を届けるため、新川《しんかわ》までやってきた。いつもどおりお勝手で品物のやり取りをしていたら、手水《ちょうず》帰りの主《あるじ》がたまたま通りかかり、「茶でも飲んでけ」と客間に通されたというわけだ。

宝屋を辞してまっすぐここまで来たせいで、お梅に対する驚愕《きょうがく》が抜けきれていなかった。常とは様子が違うことを見抜かれて、言葉巧《たく》みになにがあったかを吐かされてしまったのである。

「お梅さんは、いい女に育ったなぁ」と、升川屋は実に愉快げだ。

俵屋の内実を、奉公人が言いふらすのは御法度《ごはっと》に違いない。だが升川屋はある程度の事情を旦那様から聞いており、さもすべてを知っているような顔をして、未知の内容を引き出していった。熊吉ごときでは、まだまだこの御仁《ごじん》に敵《かな》わない。

「くれぐれも、人には言わないでくださいよ」

「ああ、分かってる。しかしまぁ旦那と若旦那の板挟みになって、お前さんも苦しい立場だなぁ」

ぜひともお梅を嫁に迎え入れたい旦那様と、すっかり腰が引けている若旦那。奉公人として従うべきは旦那様なのだろうが、この先の俵屋を担ってゆく若旦那の気持ちも無下にはできない。

「だけどお梅さんまで乗り気になったんじゃ、この縁談はまとまると思いますよ」

「そうだろうなぁ。お前さんの話を聞いてつくづく思った。俵屋は、お梅さんを逃しちゃなんねぇよ」

俵屋ほどの大店《おおだな》なら、お内儀に収まりたいと考える女などいくらでもいる。だが危険があると知れば皆、尻尾《しっぽ》を巻いて逃げ出すだろう。そこにあえて飛び込まんとする、お梅の肝《きも》の太さは頼もしい。

「正直なところ、オイラは女心ってものがさっぱり分からなくなりましたけどね」

「気にするな。そんなものは一生分からねぇ」

妻であるお志乃《しの》を怒らせてばかりの升川屋が言うと、なるほどと腑《ふ》に落ちる。だが升川屋の場合はもう少し、分かろうと努力したほうがよいと思う。

「お志乃さんは、まだ怒ってるんですか？」

「いいや、近ごろは簡単な受け答えをするようになったぞ。目は合わせてくれねぇけどな」

その状態は、「まだ怒ってる」に相当するのではなかろうか。しかもお志乃の怒りのわけは、明快だった。

「お志乃さんになんの断りもなく、勝手に物事を進めるからですよ」

「でも相手は重病人だぞ。放《ほ》っとけねぇだろ」

だとしても、相談くらいはするべきだ。升川屋の決断には、熊吉だって驚かされた。

夫婦喧嘩《げんか》の源《みなもと》は、今もこの屋敷の離れにいる。

「どうする。会ってくか？」

片手で湯呑《ゆの》みを持ち、煎茶《せんちゃ》を啜《すす》りながら升川屋が問うてくる。

あの男の容態《ようだい》については、旦那様にも報告が必要だ。

進んで顔を合わせたい相手ではないが、熊吉は「はい」と頷いた。

# 三

薄紅色の秋海棠《しゅうかいどう》が揺れる池の端を通り、広い庭を突っ切ってゆく。

見えてきた離れは、お志乃が産屋《うぶや》として使っていたものだ。二人目の百代《ももよ》も再来月には生まれて一年になるそうで、今は母子共に母屋《おもや》で寝起きしているらしい。

先導する升川屋が草履《ぞうり》を脱《ぬ》ぎ、離れの縁側に上がる。

「ちょっといいかい」と声をかけ、応《いら》えを待ってから障子《しょうじ》を開けた。

まずはじめに、甘ったるいにおいが鼻を突く。病人特有の饐《す》えたにおいを紛《まぎ》らすために、しきりに香を焚《た》いているのだ。それでも隠しきれぬ屎尿《しにょう》臭が、鼻腔《びこう》にべたりと染みてくる。

夜具に寝かされているのは、痩《や》せ衰《おとろ》えた老人だ。意識朦朧《もうろう》として、目と口を半端に開いている。その傍《かたわ》らに座していた看病の男が、升川屋に向かって深く頭を下げた。

火付盗賊改方《ひっけとうぞくあらためかた》の同心たちと近江屋《おうみや》に踏み込んだ際に、手引をしてくれた番頭である。

元々青瓢箪《あおびょうたん》のような顔をしていたが、看病疲れなのか目元に生気がない。死の淵《ふち》にいる病人に、引きずられるようにして痩せている。

「どうだい、調子は」

「はい、もはや一日の大半は眠っております」

「薬湯は飲めてるかい？」

「それも、小匙《こさじ》一杯がせいぜいで」

「そうか。おおい、近江屋さん。聞こえてるかぁ？」

枕元《まくらもと》に座り、升川屋が病人に声をかける。それでも半開きの瞼《まぶた》はぴくりとも動かない。隙間風《すきまかぜ》のような呼吸が、微《かす》かに聞こえるのみである。

熊吉は升川屋の背後に控《ひか》えるようにして、膝《ひざ》を折る。恰幅《かっぷく》のいい人だったのに、夜具に横たわる近江屋はもはや見る影もない。

夏の暑さにやられたか、近江屋の容態はそのころからかなり悪くなっていたそうだ。それを盾《たて》に取って番頭が火盗改《かとうあらため》の取り調べに知らぬ存ぜぬを通し、賊を匿《かくま》っていたわりに刑罰《けいばつ》は過料で済んだ。

ただし家財の三分の一を出させる応分過料であったため、内実は火の車であった近江屋は、家屋敷を手放すこととなった。そんな行き場のない主従を哀《あわ》れに思い手を差し伸《の》べたのが、升川屋だったというわけだ。

以来近江屋と番頭を離れに住まわせ、衣食に医者、薬の手配までしてやっている。

立派な行いではあるが、なにも聞かされていなかったお志乃は火を噴くほどの勢いで怒った。

「あの人はお妙はんの仇《かたき》やないの。なんでうちで面倒見なあきまへんの」

近江屋は過去に、お妙の良人《おっと》であった善助《ぜんすけ》の命を奪っている。お妙に傾倒している お志乃が、憤《いきどお》るのも道理である。

それに対して升川屋は、「でもまぁ、親しくつき合ってたこともある人だからさ」と答えたという。

旦那衆の中で近江屋と最も親しかったのは、升川屋だ。それゆえに近江屋を懲《こ》らしめる際には、蚊帳《かや》の外に置かれていたくらいである。この離れを建てたときの材木だって近江屋が都合したもので、つまりはこの老人を憎みきれないのだろう。しかも相手は、重病人だ。

おそらくは、春までもつまい。路上に追い遣《や》られれば、明日にでも息を引き取るだろう。最期《さいご》くらいは畳の上で迎えさせてやりたいと、升川屋が情けをかけたのだった。

「ぴくりとも動かねぇな。聞こえてねぇのかな」

「こんなによくしていただいているのに、すみません」

「いやいや、そんなこたぁべつにいいんだ。気にしねぇでくれ」

近江屋を見捨てられなかったのは、この番頭も同様だ。恐縮して、畳に額をすりつけている。つくづく貧乏《びんぼう》くじを引き続ける男である。

熊吉はわずかに身を乗り出して、近江屋の顔を覗き込んだ。頰骨に皮が貼《は》りついているだけで、木乃伊《ミイラ》もかくやという風貌《ふうぼう》だ。ちなみに木乃伊の肉は、万能の薬として珍重《ちんちょう》されている。

オイラたちが誰《だれ》だか、さっぱり分かってねぇみたいだな。

升川屋の離れに運び込まれたときには、近江屋はすでにこの状態だった。誰が訪ねてこようと話しかけようと、ぴくりともしない。此岸《しがん》と彼岸《ひがん》の境に身を置いて、辛うじてこちら側に引っかかっている。

このままなにも語らずに、逝《い》ってしまう気なのだろうか。賊どもに手を貸した経緯《いきさつ》は、いまだ明らかにされていない。お花は囚《とら》われの身となった際に、蓑虫《みのむし》の辰《たつ》が長吉を指して「耄碌爺《もうろくじじい》にそのかされやがって」と言っているのを聞いたという。この場合の「耄碌爺」とは、おそらく近江屋のことであろう。

長吉とは、どのようなやり取りがあったのか。その行方に、心当たりはないものか。問い質《ただ》したいことは、いくらでもある。なにを暢気《のんき》に死にかけてやがるんだと、腹の底で怒りが燃える。

お妙や旦那衆からは、温情をかけられていたはずなのに。

善助を殺しておきながら、月に一度『ぜんや』の飯を食べに行くというだけの、甘すぎる仕置きで済まされていた。高慢な近江屋にはそれが我慢できず、恨みを募《つの》らせていたのだろうか。

ここに来る度《たび》、今日こそなにか聞けはしまいかと、期待しているのだが。乾ききった唇からは、微かな呻《うめ》き声が時折洩《も》れるのみだった。

「じゃあな。若旦那によろしく」

主人自らに見送られ、升川屋を後にする。

頭上にある空は相変わらず青く澄み渡っているというのに、熊吉の心は晴れない。両岸に真っ白な酒蔵が建ち並ぶ川を越え、霊岸島町《れいがんじまちょう》の通りを歩きながら、重苦しい息を吐いた。

近江屋と賊とのかかわりについては、このまま有耶無耶《うやむや》に終わるのだろうか。できることならお槇たちの取り調べを、自分でやりたかったくらいだ。火盗改は首領である蓑虫の辰を捕まえたことに満足し、過去の罪業《ざいごう》をいくつか吐かせると、さっさと磔《はりつけ》にしてしまった。

彼らと長吉の出会い、それから仲間割れまでの道筋が、いっこうに見えてこない。この調子では長吉の、次の狙いも読めぬままだ。

体の傷が癒《い》えるのも待たずに生家を飛び出して、はたしてどこへ向かったのか。俵屋を出奔《しゅっぽん》したときのように、早々に江戸を出てしまったのかもしれない。しばらくはこのまま、平穏な日々が続けばいいのだが。

ともあれ今は、仕事である。宝屋と升川屋で、思いのほか時を費《つい》やしてしまった。次に訪れる先は、南伝馬町《みなみでんまちょう》の薬屋だ。亀島川《かめじまがわ》に架《か》かる亀島橋《かめじまばし》を渡って行こう。

と思いふと見ると、橋のたもとに男が一人座り込んでいた。元の色が分からぬほどの襤褸《ぼろ》を身にまとい、筵《むしろ》を頭からすっぽりと被《かぶ》っている。膝先に欠けた茶碗を置いているところを見ると、物乞《ものご》いなのだろう。

足が悪いのか、杖代《つえが》わりの木の棒を右手に握りしめている。丸められた背中は小さく、もしかするとまだ子供なのかもしれない。

熊吉は財布から四文銭を取り出し、茶碗に投げ入れてやる。チャリンと銭が躍《おど》る音を聞きながら、そのまま橋を渡ろうとした。

「おありがとうございます」

調子《ちょうし》外れに、物乞いが頭を下げる。その声を聞いたとたん、背筋にざわりと虫が這《は》うような悪寒《おかん》が走った。

子供の声ではないが、男にしてはやや高い。この声を、熊吉はよく知っていた。勢いよく、体ごと振り返る。物乞いはさっきの場所に座ったまま、被った筵を軽くずらして見せた。

薄汚れた顔が、ちらりと覗く。目鼻の小さい、地味な顔立ち。かつては同じ部屋に寝起きして、朝から晩まで見ていた顔だ。

「よぉ、熊吉。久し振りだな」

互いに俵屋の小僧だったころのような親しげな口を利《き》き、長吉は薄い唇を歪《ゆが》めて笑った。

四

頭の中で、とっさに長吉との距離を測る。

大股《おおまた》で歩いて、三歩ほど。長吉の脚の長さなら三歩半。小柄な相手に膂力《りょりょく》で負ける気がしないから、飛びついてこられてもねじ伏せられる。

だが手にしている木の棒を、得物代わりに振り回されてはやっかいだ。相手の狙いが分からぬだけに、迂闊《うかつ》には近づけない。

言葉を失い立ちつくしていたら、長吉が肩を揺らして笑いだした。

「心配しなくたって、襲いかかったりしねぇよ。脚を悪くしちまって、素早く動けねえからな」

そう言って、左の足首を撫《な》でさする。よく見れば足首から下が、内側に捻《ねじ》れている。

「骨が折れて、変なふうにくっついちまったみたいでな」

「そりゃあお前、怪我《けが》が治りきる前に逃げたからだろ」

「ちげぇねぇ」

長吉が構えぬ口調で話すから、子供時代に戻ったかのような錯覚《さっかく》を覚えた。いつか二人で店を持とうと言い合ったあのころまで、本当に時が巻き戻ればいいのに。

詮無《せんな》いことを考えて、熊吉は口元に自嘲《じちょう》を刻む。

「オイラを殺しに来たんじゃねぇなら、なんの用だよ」

「笑いに来てやったんだ。俺《おれ》がせっかく手がかりを残してやったのに、後手に回りやがってよ」

手がかりというのは、長吉の弟に見せられた蓑虫のことか。弟がしきりに「からむし」と言っていたのは、やはり彼の指図だったのだ。

「分からねぇよ。たんなる言い間違いだと思ってたよ」

「すぐに気づいてりゃ、あの娘が勾引かされることもなかったのにさ」

それについては、忸怩《じくじ》たる思いがある。熊吉が苦々しく顔をしかめるのを見て、長吉はからからと笑い声を立てた。

たまたま出くわしたわけじゃない。長吉はここで、熊吉を待っていたのだ。

受け持ちの得意先を線で結べば、ある程度熊吉がどこを通ってゆくか分かる。すべての得意先を毎日回るわけではないが、ここと決めた場所に数日いれば出会えるだろう。俵屋の小僧であった長吉なら、朝飯前だ。

「笑ってる場合かよ。オイラは今すぐお前をとっ捕まえて、御番所に突き出すことだってできるんだぞ」

「好きにすりゃあいい。この足でこそこそ逃げ回るのにも疲れた。ちょうどこの橋を渡った先は、八丁堀《はっちょうぼり》だ」

八丁堀には、町奉行所の与力や同心たちの役宅がある。賊の一味だった男を連れて行けば、進んで手を貸してくれるだろう。長吉はお縄になる覚悟まで固めて、この場所で待っていたのか。

「だがその前に、お前に言っておきたいことがあるんだ」

「なんだよ。言ってみろよ」

「このまんまじゃ、喋《しゃべ》りづれぇ。もうちょっとこっちに寄ってくれ」

この距離では、少しばかり声を張らねば話ができない。道行く人がちらちらと、こちらを見ながら通り過ぎてゆく。熊吉だって、赤の他人に会話が筒抜けになるのは避けたい。

懐に、刃物を呑《の》んでるかもしれねぇからな。

念のために背中の荷を解《ほど》き、腹に抱える。そのまま三歩進み、長吉の正面にどかりと腰を据えた。

熊吉の用心深さを嘲笑《あざわら》うように、薄汚れた頬が歪む。

「いいか、よく聞け」

皮肉げな表情を貼りつけたまま、長吉が声を潜《ひそ》めて告げた。

「俺は、お前のことが大嫌いだ」

なにを今さら。わざわざ言わずとも、そんなことは今までの長吉の行いが物語っている。

「知ってるよ」

「昨日今日の話じゃねぇぞ。出会ったころから、ずっと嫌いだ」

思っていたよりも、根が深い。熊吉が流行病《はやりやまい》で父を亡くし、旦那様の勧《すす》めで俵屋に奉公に上がったときには、長吉はひと足先に小僧として働いていた。

「熊吉ってぇのかい。オイラと歳が同じじゃねぇか。嬉《うれ》しいな」

はじめての顔合わせでそう言って目を輝かせた長吉の言葉も、ならば偽《いつわ》りだったというのだろうか。

「お前あのころ、手代《てだい》に釜《かま》を掘られそうになって逃げただろ。あれは俺の差し金だよ」

その出来事は、忘れもしない。年長の手代二人に手籠《てご》めにされそうになり、俵屋を飛び出した。逃げた先でお妙に拾われ、只次郎や旦那衆とも縁ができたのだ。

「なるほど。たしかにそれは、しょっぱなからだな」

奉公人用の長屋の一室に押し込められて襲われそうになったのは、小僧になって間もなくのことだった。今にして思えばその手口は、女中のおたえや留吉《とめきち》を焚きつけて既成事実を作ろうとしたときと似ている。あの二人の手代も、長吉が吹き込む嘘に踊《おど》らされてしまったのだろう。

どうにかこうにか逃げおおせた後も熊吉は、ずっと長吉の身を案じていた。なんとかして旦那様に訴え出なければと、『ぜんや』で待ち構えていたくらいだ。だがそんなことは、いらぬ心配であったらしい。

二人で店を持とうと語り合ったあのころまで時を遡《さかのぼ》ったところで、まだ足りない。長吉はずっと、熊吉を欺《あざむ》き続けていたのだ。

「あのままお前が戻ってこなけりゃ、俺は心穏やかに過ごせたってのにさ」

「そりゃ悪かったな。でもなんで、オイラはそんなに嫌われてるんだ?」

「決まってるだろ。お前が幸せ者だからさ」

そう答えた長吉の目が、昏《くら》く光る。呑み込まれぬように、熊吉は腹の底に力を溜《た》めた。

「おかしいな。長吉に出会ったころのオイラは、親を亡くしたばかりの可哀想《かわいそう》な子供だったはずなんだが」

「ああ、だからこそ旦那様はお前にだけ甘かった。死んだお父つぁんが右腕だったか知らねぇが、まるで自分の息子のように気にかけてた。お前が見つかったときも、直々《じきじき》に迎えに行ったくらいだもんな。口減らしのために奉公に遣られた俺とは、たいした違いだ」

熊吉は、入り口に戸すら嵌《は》まっていなかった長吉の生家を思い浮かべる。貧しさゆえに子を手放す親は、決して少なくはない。だからといって、そのすべてがろくでなしというわけでもない。

「あのおっ母さんだって、好きでお前を手放したわけじゃねぇだろう」

「大怪我して戻った俺を、俵屋に売り渡そうとする親でもか？」

「そういう取り決めになってんだからしょうがねぇ。それでもお前を哀れに思って、ひと月は匿ってくれたんだ」

怪我で身動きの取れぬうちに知らせてくれれば、長吉に逃げられることもなかった。だがそれはさすがに可哀想だと、手元に置いて看護をしたのだ。長吉の滞在を知らせにきたときだって、母親は後《うし》ろめたさの詰まった卑屈《ひくつ》な笑みを浮かべていた。

「知ったようなことを言いやがって。だから俺は、お前のことが嫌いなんだ」

右手に握った杖で、長吉が強く地面を突く。膝先に置かれた茶碗が倒れ、四文銭が転げ出た。それを拾うこともなく、早口にまくしたてる。

「いつだってお前ばかり大事にされて、親もいねぇくせに藪入《やぶい》りには帰る家まである。お前だけ旨そうなもんを食わせてもらって、『春告堂《しゅんこくどう》』の手伝いなんて楽そうな仕事を振られて、そのくせ誰よりも早く出世しやがった。背だってそんなに伸びやがって、目障《めざわ》りなんだよ！」

これまで見たこともないほどに、長吉は取り乱していた。だが言葉を重ねれば重ねるほど、「お前が羨《うらや》ましくてたまらない」と聞こえる。そのせいか、なにを言われても腹が立たなかった。

「なぁ、長吉。人の手の中にあるものと、自分の手の中にあるものを、見比べたってしょうがねぇよ。まずは自分の手の中にあるものを大事にして、それを少しずつ増やしてくのが――」

「うるせぇ。もっともらしい説教なんざ聞きたくねぇんだよ！」

熊吉の言葉を遮《さえぎ》って、長吉は昂《たか》ぶった獣《けもの》のように目を血走らせている。荒々しく息をつき、鋭く睨《にら》みつけてきた。

「それもそうだな。お前の気持ちは、お前にしか分からねぇ」

自分は出会ったときから嫌われていた。長吉が言うとおり、それを事実として受け止めよう。だが身の内に怒りを抱えているのは、なにも彼ばかりではない。

「だがな、長吉。お前はオイラが嫌いっていうただそれだけで、俵屋のみんなまで賊に殺されちまってもいいと思ったのか？」

おたえの機転により押し込みは免《まぬか》れたが、そうでなければまだ幼い小僧や女中に至るまで、撫《な》で斬りにされていたかもしれない。旦那衆も毒を盛られそうになったし、お花だって危うく人殺しになりかけた。

熊吉が嫌いなら、いくらでも嫌がらせをしてくればいい。だが関《かか》わりのない者まで巻き込んで、命の危機をもたらしたことは、どうしたって許せなかった。

荷物を腹に抱えたまま、両手をぐっと握りしめる。爪《つめ》が手のひらに食い込む痛みで、熊吉はどうにか平静を保つ。

「嫌いだ。俵屋のみんなも、旦那衆も、お前に優しくする奴《やつ》らはみんな嫌いだ！」

長吉はまるで駄々っ子のように、捻れていないほうの足をばたつかせる。この男は熊吉が思っていたよりずっと、心が幼いのかもしれない。

「鎮《しず》まれ、長吉！」

一喝《いっかつ》すると長吉はびくりと肩を震わせて、今にも泣きだしそうな顔をした。

そうか。こいつは、誰かに大事にされたかっただけなんだな。

その相手は、熊吉ではなかった。だからどれだけ手を差し伸べても、握り返してはくれなかった。

握りしめていた拳《こぶし》を、わずかに緩める。身の内に燃える怒りがぶすぶすと煙を上げて、胸を燻《いぶ》しているかのようだ。

遣り切れなさを振り払い、熊吉は声を励《はげ》ました。

「聞かせろ。俵屋を出てから、なにがあった」

鋭く問いかけると長吉は、頭に被った筵を目の下まで引き下ろした。

蓑虫のように隠れてしまったかつての友を、熊吉はじっと見守る。

綿花に似た雲が流れ、お天道様《てんとさま》を覆《おお》い隠す。日が陰《かげ》ってしばらくしてから、筵の向こうからくぐもった声が聞こえた。

「なにもかも、ぶっ壊れちまえばいいと思ったんだ」

辛抱《しんぼう》強く待っていると、長吉はぽつりぽつりと我が身のことを語りだした。

大雹《おおひょう》が降った七月のあの夜、俵屋を飛び出した長吉は、もう二度と店には戻らぬ覚悟だった。

戻ったところで熊吉に糾弾《きゅうだん》され、旦那様から暇を出されることは目に見えている。奉公先で騒ぎを起こした小僧など次に雇《やと》ってくれるところはなく、江戸にいても食い詰めるだけだ。すぐさま余所《よそ》に移ろうと決めて、千住宿《せんじゅしゅく》の手前でみすぼらしい茸売りの爺《じい》さんと着物を取り替えた。

そうして長吉は、日光《にっこう》街道を北へと指していった。路銀など持っていなかったが、幸い薬の知識がある。歩きながら薬草を採取して、宿場町の薬屋に売って金を得た。その金で少しずつ身なりを整えて、小金井宿《こがねいしゅく》に着くころにはこざっぱりとした見た目になっていた。

そろそろこのあたりで、腰を落ち着けてもいいかもしれない。草木の育たぬ冬に備え、金を貯《た》めておく必要がある。幸いにも、長吉を贔屓《ひいき》にしてくれる薬屋も見つかった。

ならばひと冬を、ここで過ごそう。

そう心に決めて、しばらく経《た》ったころだった。湯屋で蓑虫の辰に話しかけられた。

「お前さん、江戸の大店にいたんだって？」

迂闊だった。ここまで来ればもう大丈夫だろうと思い、馴染《なじ》みになった薬屋には、江戸の薬種問屋で奉公していたと明かしていた。そのほうが長吉がもたらす薬草を、ありがたがってもらえるからだ。

その噂《うわさ》が、近くの廃寺を塒《ねぐら》にしていた辰にも伝わった。長らく独《ひと》り働きをしていたが、先日一緒になった女が江戸で一旗揚《あ》げようとせっつくせいで、その気になったらしい。まず手始めに、お前が奉公していた店に押し込もうと誘ってきた。

「中にいたなら、間取りも分かるだろ。上手《うま》い具合に、手引きしてくれよ」

断ることは、死を意味していた。だが辰に脅《おど》されずとも、長吉はその話に乗っていただろう。俵屋に押し込むと聞いたとたん、胸の中にじわじわと、昏い欲望が広がってゆくのを感じたからだ。

そうだ。俺を蔑《ないがし》ろにした奴らなんざ、根絶《ねだ》やしにしちまえばいいんだ。

こうして長吉は、蓑虫の辰の一味となった。あとの顛末《てんまつ》は、熊吉も知っているとおりというわけだ。

語り終えた長吉は、筵で顔を隠したままじっと押し黙っている。

あまりの巡り合わせの悪さに熊吉も、しばらくは声を発することができずにいた。

そういや柳井《やない》様が言っていたっけ。蓑虫の辰はここ数年、下野《しもつけ》に腰を据《す》えていたって。

小金井宿は、下野国の中心地。たまたまそこで長吉は、蓑虫の辰と出会ってしまった。

けれども悪党はどこにだっている。たとえば長吉が東海道《とうかいどう》や中山道《なかせんどう》を選んでいても、江戸の大店の奉公人だったと知れたとたん、よからぬことを企《たくら》む輩《やから》が近づいてきたかもしれない。そしていずれの場合も長吉は、悪の道へと誘う囁《ささや》きを無視できやしなかっただろう。

なるべくしてこうなった。そう言えるのかもしれないけれど。

「近江屋の屋敷を塒にすることを思いついたのは、お前か？」

尋ねると、しばしの間を置いてから筵の塊《かたまり》がこくりと揺れた。長吉が首肯したようである。

「俵屋を襲うつもりだと伝えたらあの老《お》いぼれ、喜んで迎え入れてくれたよ」

近江屋と旦那衆の確執《かくしつ》など、長吉は知らぬものと思っていた。熊吉だって、長じてから旦那様に聞かされたくらいだ。

その会話を、長吉はこっそり聞いていたという。人の弱みにつけ込むべく、耳をそばだてておくのが癖《くせ》になっていた。盗み聞きなど、お手のものというわけだ。

「押し込みにしくじってもあの爺、次は菱屋《ひしや》だ、いや三文字屋《みもじや》だと、ろくすっぽ起き上がれもしねぇくせにうるさくてな」

「それで、お花に附子を渡したのか」

「ああ、もうどうにでもなりやがれと思った。娘と会う約束の日だってのに、お槇が二日酔いで起き上がれなくなっててな。だから代わりに会いに行ってやったんだよ」

「ちょっと待て。お槇さんはそもそも、どんな思惑《おもわく》でお花に会ってたんだ」

「そりゃあああの娘を上手くそそのかして、菱屋に押し入れないかと考えてたからさ。でもあいつ、ご隠居の孫と言っても義理だろ。中の間取りとか奉公人の数だとか、なに一つ知らなくて使えやしねぇって、お槇が嘆《なげ》いてたよ」

お槇の意図は、まさに案じていたとおり。すでにこの世にいない女だが、できることなら首根っこを押さえて、お花に謝罪させてやりたかった。

「でもまぁ本当に、使えねぇ愚図《ぐず》だったな。まさか附子酒を、こしらえてすらいなかったとは。旦那衆の誰かが死ねば、お前の泣きっ面《つら》を拝《おが》めると思ったのによ」

さっきから長吉は、悪態ばかりついている。しかし悪いのは口調ばかりで、声にはまったく覇気がない。

熊吉はおもむろに手を伸ばし、長吉が被っている筵を引っ張った。ずり落ちる筵を押さえようともせず、その顔が露《あら》わになる。長吉は虚《うつ》ろな眼差しを、己の捻れた足首に落としていた。

「そんな顔をしてるんじゃ、負け惜《お》しみにもなりゃしねぇ。どうだ、言いたいことが言えて、すっきりしたか？」

「いいや。言えば言うほど、虚《むな》しくなってくだけだ」

長吉は頬を引き攣《つ》らせるようにして、薄く微笑む。虚勢もすでに剝《は》がれ落ちてしまったようだ。

「そりゃあそうさ。お前の中は、空《から》っぽだもの」

これまでずっと熊吉への憎しみを火種にして、生きてきたようなもの。言葉にして吐き出してしまえば、どんどん中身が軽くなる。その空洞を埋める術《すべ》を、長吉はおそらく知らないのだ。

「話を聞いてりゃお前には、大事なものがなにもない。自分のことすら大事にしてねえ。そんな奴のことを、誰が大事にしてくれるってんだ？」

他人に向ける顔もすべて、嘘で塗り固めたものだった。熊吉のことが嫌いなら、友人のふりなどせずそう言えばよかったのに。人を焚きつけるようなことはせず、直《じか》に文句をつければよかった。

それができなかったのは、自信のなさの表れか。人を言葉巧みに操るだけの、卑怯《ひきょう》者《もの》だ。

わざと挑むような目を向けても、長吉はもはや怒りもしない。打ちひしがれたように、ぼんやりと一点を見つめている。

「楽になりたいか、長吉」

尋ねてみると、辛うじて頷いた。彼は熊吉の手で、御番所に突き出されることを願っている。

「そうか。でも、やなこった」

熊吉は両手を開いて、ひらひらと振ってみせる。長吉の薄い眉《まゆ》が、不快げに跳《は》ね上がった。

「どこへなりとも行きやがれ。だが次に会ったら、容赦はしねぇぞ」

「そんな甘いことで、いいのかよ」

「甘くはねぇだろ。お前の望みとは、まったく逆のことを言ってんだから」

そう易々《やすやす》と、命を差し出されては困る。長吉には磔ではなく、生きながら罪を濯《そそ》いでもらいたかった。

「生きろ。そしてオイラたちの知らない所で、幸せになってみろ」

ずり落ちていた筵を畳み、茶碗や四文銭と共に持たせてやる。

「ほら、早く！」

手を叩《たた》いて急《せ》かすと、長吉は杖に縋《すが》りながら立ち上がった。

足が悪いせいなのか痩せたのか、小柄な体は前にも増して小さく見える。

「ああ、そうだ」と思いつき、熊吉は懐から竹皮の包みを出した。

中の握り飯は、さすがにもう冷めている。

「これやるよ。道中の、腹の足しにでもしてくんな」

弁当を差し出しても、長吉は戸惑うばかりで受け取ろうとしない。だから熊吉も立ち上がり、包みを無理矢理懐に押し込んでやった。

「『ぜんや』の飯だ。旨ぇぞ」

もしも長吉が卑怯なことをせず俵屋でこつこつと働いていたならば、今ごろ熊吉に続いて手代に上がり、たまには『ぜんや』で酒を酌《く》み交《か》わすような贅沢《ぜいたく》もできたかもしれない。

「ずりぃぞ。こんな旨ぇものを、餓鬼《がき》のころから食ってたのかよ」なんて言われながら、お妙の料理に舌鼓《したつづみ》を打つ。

そんな優しいひとときは、二人の間にはもう訪れない。長吉はせいぜい一人で、冷えた飯を食っていればいい。

筵を脇に抱えた手で重くなった懐を押さえ、長吉はくしゃくしゃに揉《も》んだ紙のように顔をしかめた。

「だから俺は、てめぇのことが嫌いなんだ」

震える声で言い捨てて、杖と共に一歩を踏み出す。八丁堀へと続く目の前の橋を渡らずに、亀島川に沿って歩いてゆく。

その足取りは危《あや》うく、歩むごとに体が右へ左へ大きくぶれる。

手を貸してやりたい衝動を堪えながら、熊吉は小さな背中が見えなくなるまで、その場に立ちつくしていた。

「みのむし」「土用卵」「救いの手」「蓮の実」は、ランティエ二〇二三年一月〜四月号に掲載された作品に、修正を加えたものです。

「別離」は書き下ろしです。

時代小説文庫
さ 19-16

蓮《はす》の露《つゆ》 花暦《はなごよみ》 居酒屋《いざかや》ぜんや

著者 坂井希久子《さかいきくこ》
2023年5月18日第一刷発行

発行者 角川春樹

発行所 株式会社 角川春樹事務所
〒102-0074 東京都千代田区九段南2-1-30 イタリア文化会館

電話 03(3263)5247[編集] 03(3263)5881[営業]

印刷・製本 中央精版印刷株式会社

フォーマット・デザイン＆シンボルマーク 芦澤泰偉



ISBN978-4-7584-4561-0 C0193 
http://www.kadokawaharuki.co.jp/[営業]
fanmail@kadokawaharuki.co.jp[編集] ご意見・ご感想をお寄せください。

## 坂井希久子の本

### すみれ飴
花暦　居酒屋ぜんや

引き取ってくれた只次郎とお妙の役に立ちたい養い子のお花。かつてお妙と只次郎の世話になった薬問屋「俵屋」の小僧・熊吉。それぞれの悩みと成長を彩り豊かな料理と共に、瑞々しく描く傑作人情時代小説、新装開店です！

### 萩の餅
花暦　居酒屋ぜんや

早い出世を同僚に妬まれている熊吉。養い子故に色々なことを我慢してしまうお花。二人を襲う、様々な試練。それでも、若い二人は温かい料理と人情に励まされ、必死に前を向いて歩きます！　健気な二人の奮闘が眩しい、人情時代小説、第二弾！

坂井希久子の本

## ねじり梅

花暦　居酒屋ぜんや

ようやく道が開けてきたかに見えた二人に、新たな災難が降りかかる——。押し込み未遂騒動に、会いたくない人との再会まで。それでも二人は美味しい料理と周囲の温かい目に守られながら、前を向いて頑張ります！　お腹と心を満たす人情時代小説、第三弾。

---

## ほかほか蕗《ふき》ご飯

居酒屋ぜんや

美声を放つ鶯を育てて生計を立てている、貧乏旗本の次男坊・林只次郎。ある日暖簾をくぐった居酒屋で、女将・お妙の笑顔と素朴な絶品料理に一目惚れ。美味しい料理と癒しに満ちた連作時代小説第一巻。（解説・上田秀人）

時代小説文庫

ハルキ文庫

## 坂井希久子の本

### ふんわり穴子天

居酒屋ぜんや

只次郎は大店の主人たちとお妙が作った花見弁当を囲み、至福のときを堪能する。しかし、あちこちからお妙に忍びよる男の影が心配で……。彩り豊かな料理が数々登場する傑作人情小説第二巻。（解説・新井見枝香）

---

### ころころ手鞠《てまり》ずし

居酒屋ぜんや

「ぜんや」の馴染み客・升川屋喜兵衛の嫁・お志乃が子を宿して、もう七月。お妙は、喜兵衛から近ごろ嫁姑の関係がぎくしゃくしていると聞き、お志乃を励ましにいくことになった。人の心の機微を濃やかに描く第三巻。

## 坂井希久子の本

### さくさくかるめいら
居酒屋ぜんや

林家で只次郎の姪・お栄の桃の節句を祝うこととなり、その祖父・柳井も声をかけられた。土産に張り切る柳井はお妙に相談を持ちかける。一方、お妙の笑顔と料理にぞっこんの只次郎に恋敵が現れる。ゆったり嗜む第四巻。

---

### つるつる鮎《あゆ》そうめん
居酒屋ぜんや

山王祭に賑わう江戸。出門を禁じられている武家人の只次郎は、甥・乙松が高熱を出し、町人に扮して急ぎ医者を呼びに走ることに。帰り道「ぜんや」に寄ると、お妙に〝食欲がないときにいいもの〟を手渡される。体に良い食の知恵が詰まった第五巻。

## 坂井希久子の本

### あったかけんちん汁
居酒屋ぜんや

お妙は夫・善助の死についてある疑念にとらわれ、眠れない夜が続いていた。そんななか、菱屋のご隠居の炉開きで懐石料理を頼まれる。客をおもてなししたいというご隠居の想いを汲んだお妙は料理に腕をふるう。優しい絆に心あたたまる第六巻。

---

### ふうふうつみれ鍋
居酒屋ぜんや

只次郎が飼う、当代一の美声を誇る鶯ルリオ。その雛の一羽を馴染みの旦那衆の誰に譲るかを、「ぜんや」で美味しい食事を囲みつつ決めることに。旦那衆は鶯への愛情をそれぞれ主張するが……。しあわせ沁み渡る第七巻。